書下ろし長編時代小説

最強同心 剣之介
掟やぶりの相棒

早見　俊

コスミック・時代文庫

この作品はコスミック文庫のために書下ろされました。

目次

第一話　ましらの盗人

一

「山辺《やまのべ》のおっさん、そっちだよ」

佐治《さじ》剣之介《けんのすけ》の声が夜空を震わせる。

山辺左衛門《さえもん》は、反射的に右に向かって走った。

浅草風雷神門《あさくさふうらいじんもん》近くの小路、盗人《ぬすっと》一味を追って、剣之介と山辺は駆けている。ふたりは火付盗賊改《ひつけとうぞくあらため》、通称・火盗改《かとうあらため》の同心である。

このところ、盗人が跋扈《ばっこ》している浅草、蔵前界隈《くらまえかいわい》を、火盗改が手分けをして巡回していた。

夜まわりの甲斐《かい》があって、盗人三人が、蔵前通りの炭問屋の裏塀《うらべい》をよじのぼっているところに遭遇したのである。

目前の盗人は、ふたりとひとりに分かれて逃走した。右手に行った盗人を、剣之介は山辺に任せたのだった。

「わかった」

と受けてから、わしは先輩だぞ、と山辺が心の中でぼやいたように、佐治剣之介は火盗改の同心になって一年あまり。

一方の山辺左衛門は、二十年の練達同心であった。

先輩にも物怖《ものお》じしない剣之介……少々、いや、相当に異色の、山辺に言わせれば『ぶっとび野郎』である。

すらりとした長身を、白地に昇り龍が画かれた小袖《こそで》に身を包み、袴《はかま》は穿《は》いていない。このため、飄々《ひょうひょう》と歩くたびに、紅襦袢《べにじゅばん》がちらちらと覗《のぞ》く。黒紋付《くろもんつき》の羽織《はおり》を重ねているが、夜風に翻《ひるがえ》り、真っ赤な裏地が月明りに躍っている。

紫《むらさき》の帯に差した長脇差《ながわきざし》の鞘《さや》は、朱色《しゅいろ》である。鞘の鏢《こじり》は、鉛《なまり》で覆《おお》われていた。

侍とは思えない、やくざないでたちである。

では強面《こわもて》かというと、細面《ほそおもて》の優男《やさおとこ》ながら目つきが鋭く、餓鬼《がき》大将がそのまま大きくなったような容貌《ようぼう》であった。

火盗改になる前、剣之介はこれといった定職に就《つ》かず、金貸しの父親からの依頼で、取り立てをおこなっていた。

相手がやくざだろうが浪人《ろうにん》だろうが、躊躇《ちゅうちょ》なく、ときには腕ずくで取り立てる様を見て、その肝《きも》っ玉《たま》と腕っ節に若き日の自分を重ねた火盗改頭取・長谷川平蔵《はせがわへいぞう》が取り立てたのである。

風変わりな火盗改同心の剣之介は、いままさに、ふたりの盗人を袋小路に追いつめていた。

「抵抗しないほうがいいっすよ」

遊びにでも誘うような気軽な口調で声をかけた。

ふたりは匕首《あいくち》を手に、こちらに向いた。

剣之介は長ドスを抜き、肩に担ぐや、ふたりに躍りかかった。右手だけで長ドスを振りまわし、匕首を叩《たた》き落とす。

たちまち戦意喪失《そうしつ》したふたりを、赤子の手をねじるような容易さで、剣之介は捕縛《ほばく》した。

縄を打ったふたりを近くの自身番に連れてゆき、驚き顔の町役人に、火盗改の同心だと素性《すじょう》を明かす。

彼らを土間に正座させると、ほどなくして、山辺が息をぜいぜいとさせて入ってきた。捕縛した盗人はいない。

「なんだ、おっさん、逃がしたんすか」

からかうような口調で剣之介が問いかけると、

「ああ、すまん」

山辺は息を整えた。

背は高くはないが、がっしりとした身体つきと浅黒く日焼けした顔が相まってたくましさを感じさせ、細い目と団子鼻《だんごっぱな》が親しみを覚えさせる。

紺地《こんじ》無紋の小袖を着流し、黒紋付を重ねるという町奉行所同心と同じ白衣姿ながら、巻き羽織ではなく、髷《まげ》も小銀杏《こいちょう》には結っていない。

このため、町奉行所の同心、いわゆる八丁堀《はっちょうぼり》の旦那《だんな》よりも武張《ぶば》って見えた。

腰には剣之介と違ってちゃんと大小を差し、もちろん、羽織の裏地が真っ赤ということもない。

ふたりの盗人が縛られているのを見ると、山辺は情けなさそうに顔をしかめた。

「おっさん、歳だね」

盗人を捕まえられなかったとあっては反論できず、山辺は面目《めんぼく》なさそうに顔を伏せた。

「ま、いいや。さて、あんたらの名前は」

剣之介はふたりの前に立った。

ふたりは、伊助《いすけ》と啓太《けいた》と名乗り、いわゆる遊び人だった。

ともに盗みに入ろうとしたことは認めたが、

「入ろうとしたら、先に盗みに入った奴がいたんだ」

伊助が口を尖《とが》らせて言った。

「そうだよ。おれたち、泡を食ったよ。そいつは、ましらの兆次《ちょうじ》さまを知らねえか、って凄《すご》みやがったんだ。おれたちと一緒に逃げた奴がいるだろ。そいつがそうさ」

啓太が言い添えた。

「ましらの兆次、と申したのだな」

山辺は伊助を年長と見て、念押しをした。

ふたりは揃《そろ》って首肯《しゅこう》した。

「ましらの兆次だったのか……どうりで身軽なはずだ」

取り逃がしたのも無理はない、と合点したように、山辺はうなずいた。

「おっさん、知ってるんすか」

剣之介が山辺に向く。

「三年ほど前に、浅草界隈で盗みを働いた盗人だ。とにかく身軽でな、武家屋敷の板塀を、軽々と飛び越えて逃げるのが常套《じょうとう》手段だ。ましらの兆次、と火盗改では呼ばれておったのだ」

山辺はため息を吐いた。

「軽技師ってことか」

剣之介はつぶやいた。

「そうだ。兆次という男、誓願堀《せいがんぼり》で軽業を披露しておったよ」

「兆次って、いまも軽業師なのかい」

剣之介は、啓太と伊助に聞いた。

伊助が、

「だから、わからないんですって。さっきも言いましたけど、凄まれただけですから」

「そうだ、そうですよ。そこへ、旦那方が来なすったら、あっしらあわてて逃げたってわけで」

啓太も言い添える。

「ま、いい。くわしい話は火盗改で聞く」

山辺は笑顔で告げたが、目は鋭い眼光を放っていた。

さすがは練達の火盗改だと告げている。


あくる葉月《はづき》の十日、捕縛されたふたりに対し、江戸城清水御門《しみずごもん》外にある長谷川平蔵の役宅で取り調べがおこなわれた。

だが証言どおり、盗み自体は働いてないことから、五十叩きで解き放たれた。

長谷川平蔵により、同心たちが大広間に集められた。

与力《よりき》の笹山正吾《ささやましょうご》が一同を見まわし、

「盗人、ましらの兆次が出没した」

と、最後に山辺を見た。

山辺が立ちあがり、平蔵に報告する。

「昨晩、取り逃がした盗人が、ましらの兆次らしいのです」

と、剣之介が、

「ましらの兆次って、そんなにすごいんすか」

途端に、同心たちはざわついた。

鼻で笑う者、露骨に罵声《ばせい》を浴びせる者が続出した。笹山がみなを宥《なだ》め、

「佐治が知らんのも無理はない。ましらの兆次とはな、三年前まで江戸を騒がせた盗人だ。軽業師のように身軽でな、とにかく、すばしこい。商家に押し入って、千両箱をひとつ担ぎ、いかなる捕方の追っ手もすり抜けてしまうのだ」

「へ～え、そうなんだ。じゃあ、山辺のおっさんが逃がしてしまったとしても、しょうがなかったってことだね。おっさんじゃ、そりゃ無理だよ」

あっけらかんと言う剣之介の横で、山辺は恥ずかしそうに唇を噛《か》んだ。同心たちから失笑が漏《も》れる。

「わかった。ともかく、江戸に出没したってことは、火盗改の面子《メンツ》にかけて捕縛しなきゃってことだね」

剣之介は言う。

すると、ふたりの同心が立ちあがった。

ひとりはひょろりと背が高く、もうひとりはずんぐりとした背の低い男だ。

高いほうは服部慶次郎《はっとりけいじろう》、低いほうは前野彦太郎《まえのひこたろう》。

ふたりとも、ぶっとび野郎の剣之介に反感を抱いている。とくに前野は若いぶん血気さかんで、剣之介への対抗意識が強かった。

このときも顔を真っ赤にし、

「偉そうに、生意気言うな」

しかし剣之介は悪びれることもなく、

「だって、本当のことでしょう」

しれっと返したものだから、

「なら、おまえが捕まえてみろ」

年長の服部も我慢できずに怒鳴ると、ほかの同心たちの間からも、罵声が飛んだ。

「そうだ」

「やれるもんなら、やってみろ」

平蔵は黙って成り行きを見ている。

「おれに任せてくれるんなら、捕まえますよ」

それでも剣之介は、なおもしれっと答えた。

ここで同心たちはいきりたった。

笹山が立ちあがり、みなを宥める。

「静まれ」

喧噪《けんそう》がやまず、笹山は二度、三度と怒鳴り、やっとのことで静まった。

「長谷川さん、いや笹山さんでもいいけど、おれがましらの兆次を捕まえていい

んですか」

剣之介の言葉に、笹山は顔をしかめる。

「これ、何度申したらわかる。お頭《かしら》を気安く、長谷川さんなどと呼ぶな」

だが、剣之介は意にも介さない。

「そんなことよりも、いいんすか、おれが兆次を捕まえて」

「いや、それはな。我ら火盗改、一致団結してだな……」

笹山が口の中で、もごもごとやったところで、

「佐治、できるのじゃな」

おもむろに平蔵が声をかけてきた。

「できるに決まってるでしょう」

剣之介は、けろりと答えた。

「武士に二言はないな」

平蔵に念を押され、

「武士に二言……とかなんとかって堅苦しいことじゃなくってさ。おれ、言った

ことは実行するっすから」

剣之介は明るく答えた。

「よし、佐治、やってみろ」

平蔵は笑みをたたえて命じた。

「わかりました。じゃあ、おれひとりで探索しますから、当分、出仕しなくていいですね」

剣之介は、笹山に確認した。

「それはいくらなんでもな……」

笹山が渋面《じゅうめん》を作ったところで、

「五日だ。五日のうちに捕らえろ」

かまわん、と了承したうえで、平蔵は命じた。

「五日……わかりました」

剣之介は受け入れた。

そこで前野が口をはさんだ。

「五日以内に、佐治が兆次を捕縛できなかったらどうするのだ」

すると平蔵が答える前に、

「火盗改を辞めますよ」

あっさりと剣之介は答えた。

「おいおい……」

あわてて制する山辺をよそに、

「その言葉、忘れるな」

挑発するように服部が念押しすると、剣之介は事もなげに答えた。

「それこそ、武士に二言なしだ。じゃあさ、服部さんと前野さんはどうするの。おれが兆次を捕縛したらさ」

「ええと、わしは……」

服部は言葉を詰まらせた。前野も唇を噛む。

「辞めるの」

「いや、それは……」

服部は唸《うな》り、前野と顔を見あわせた。

「ま、いいよ。服部さんと前野さんに辞めてもらうつもりはない。そうだ、一杯奢《おご》ってくれるだけでいいっすよ」

剣之介は、猪口《ちょこ》を傾ける真似をした。

「そ、そうか」

思わずといったふうに、服部は身を乗りだした。

横で前野もうなずく。

「ああ、いいよ。じゃあね」

あっけらかんと右手をあげ、剣之介は大広間を出た。

二

すたすたと歩く剣之介のあとを、山辺が追いかけてきた。

「おまえなあ、あんなことを引き受けていいのか」

「いいのかもなにも、もう引き受けたっすよ」

「ま、そうだが。で、おまえ、なにかあてはあるのか」

「ないですね」

悪びれることなく、剣之介は返した。

山辺は渋面を作り、

「おまえらしいな。だがな、ひょっとして火盗改を辞めたくて、その口実にあんな法螺《ほら》約束をしたのではあるまいな」

「そうっすよ」

あっさりと剣之介は認めた。

「おまえなあ……」

「冗談ですよ。おれ、火盗改を辞める気ないから。火盗改の仕事って、結構、面白いもんね。だからさ、辞めないから心配しなくていいよ」

しゃあしゃあと、剣之介は言った。

「なんだ、そうか」

ほっと山辺が安堵《あんど》の表情を浮かべたところで、

「まずは誓願堀かな。まさか、ましらの兆次が、正々堂々と軽業を披露しているとは思えないけどね」

「そらそうだ。自分から捕まるような真似をするはずがない。無駄足になるのが落ちだぞ」

「おっさん、日頃から言っているじゃない。探索は無駄の積み重ねだって」

「ああ、まあ、そうだがな……」

痛いところを突かれ、山辺は口ごもった。団子鼻がひくひくとうごめく。

「さいわい、おれは、兆次には顔を見られちゃいないからね」

「わかった、好きにやれ」

「吉報《きっぽう》を待ってなよ」

剣之介は明るく言うと、足早に立ち去った。

「ぶっとび野郎め」

非難と親しみ、そしておおいなる期待をこめ、山辺はつぶやいた。


あくる十一日の昼下がり、剣之介は誓願堀にやってきた。

昇り龍を背中に描いた小袖に、真っ赤な裏地黒紋付を重ね、朱鞘の長ドスを差したいつもの格好だが、十手《じって》は持っていない。一見したところ、浪人ともやくざ者とも判断がつかぬ男となっている。

誓願堀は、二町四方に堀が巡らされた一帯が盛り場になっている。そこで、見世物《みせもの》小屋や岡場所《おかばしょ》、掛け茶屋、矢場《やば》が建ち並び、真ん中の広場では、大道芸人たちが持ち芸を披露していた。

軽業師をおこなっている芸人はいない。

道中、剣之介はあれこれと冷やかしながら、矢場へと顔を出した。

しかし、そこも変哲《へんてつ》もない矢場であった。そうそう都合よく、兆次に会えるはずはない。

ひと休みしようと、剣之介は茶店に入り、茶と団子を頼んだ。

葦《よし》の隙間《すきま》から差しこむ日輪《にちりん》を浴びながら茶を飲んでいると、なんとなく眠くなってしまった。

すると、浪人者が、

「ふざけるな！」

と、騒ぎはじめた。

「お許しください」

女中が、か細い声で悲鳴をあげる。

「勘弁ならん。武士の袴を汚《けが》すとは何事だ。娘、許さんぞ」

尾羽《おは》打《う》ち枯《か》らしたという言葉が、ぴったりとしている浪人だ。

「お許しください」

店の主人も出てきて、重ねて詫《わ》びる。

「許してほしくば、誠《まこと》を見せろ」

「どのようにすれば、よろしいのでしょう」

主人が上目遣《うわめづか》いになった。

そこで、やおら剣之介は立ちあがり、

「ちょっと、あんた、どうしたんすか」

間の抜けた声で問いかけた。

「下郎！　おまえには関係ない」

浪人は怒鳴った。しかし、少しも動ぜず、

「袴が汚れたとか耳に入ってきたけどさ、どこ」

剣之介は袴を見た。

「ここだ。この娘が茶をこぼしおった」

黒い染みを、浪人は見せた。

「ええ、どこ」

剣之介は首をひねった。

「わかんないよ。それにしても、きったねえ袴だな。汚れるもなにもさ、洗ったことあるのかよ」

「無礼者！」

途端に、浪人はいきりたった。

「無礼者か……そりゃ悪かったね。じゃあ、お詫びに洗おうか」

湯呑《ゆの》みを取り、剣之介は袴にかけた。

「あ、熱い！　なにをする」

目をむいた浪人に、

「洗ってやってるんだよ。ついでだから、その顔もきれいにしてやるよ」

今度は茶を顔にかけた。

「もう、許さん」

とうとう浪人は刀を抜いた。

「やめたほうがいいと思うよ」

小馬鹿にしたように、剣之介は鼻で笑った。

すっかり面目を傷つけられた浪人が、怒鳴り声をあげる。

「おのれ、表に出ろ！」

「はいはい、わかったよ」

肩を怒らせた浪人のあとに、剣之介も続いた。

外で相対すると、浪人は大刀を振りかぶった。刃が秋日《しゅうじつ》を受けて、煌《きら》めきを放つ。

剣之介は黒紋付を脱いで裏返すと、そのままぐるぐると頭上でまわした。

真紅《しんく》の布地が躍るようで、いきりたつ浪人を挑発している。

　すると、

「どいた、どいた」

　慌《あわただ》しい声と足音が聞こえたと思うと、やくざ者と思しき数人の男たちがやってきた。

「ご浪人、誓願堀で刃を抜いたらご法度《はっと》なんですよ。どうかおさめていただけやせんか」

　ひとりが声をかけた。

　やくざとはいえ、丁寧《ていねい》で礼儀を尽くした物言いである。糊《のり》のきいた縞柄《しまがら》の着物に茶献上《ちゃけんじょう》の帯を締め、きりりとした所作は、いかにも浪人とは対照的だ。

「うるさい！　引っこんでおれ」

　しかし、頭に血がのぼった浪人には通じず、男に怒鳴り散らす。

「そいつはいけませんや。誓願堀じゃあね、どなたさまであろうと、ご法度を守っていただくんです」

「貴様、生意気を申すではない。なにさまだ！」

　顔を真っ赤にして、浪人は問い返す。

「あっしは、この誓願堀を仕切っておりますす風神《ふうじん》一家の代貸《だいが》しで、正次郎《まさじろう》というけちな野郎でござんす」

正次郎は折り目正しく腰を折った。

浅黒く日に焼け、鼻筋が通った苦みばしった顔つきだ。

「風神一家？　おまえが代貸しか。ふん、偉そうに。やくざ風情《ふぜい》が」

浪人は居丈高《いたけだか》になって、正次郎を見おろした。

「いかにも、あっしらはやくざです。ですがね、誓願堀は守らなきゃいけねえんです。シマを守るってのはですよ、法度を犯す者はどなたであろうと、許すことができねえんですよ」

「そうか、ならば破ったらどうするんだ」

浪人はうそぶくと、正次郎の目が据《す》わった。

「どなたにも破らせません」

正次郎はきっぱりと言い放った。

「面白い。なら、破ってやろうではないか」

浪人は刀を振りあげた。

正次郎は臆することなく浪人の前に進み、懐《ふところ》に入るや、腕をねじりあげた。

「な、なにを」

浪人は刀をぽとりと落とした。

正次郎は右の拳《こぶし》で、浪人の頬《ほお》を殴りつけた。浪人はぶっ飛んだ。尻餅《しりもち》をついた
浪人の顔には、怯《おび》えの表情が浮かんでいる。

「てめえ、二度と来るな」

子分のひとりが、浪人を蹴《け》りつけた。

浪人は転がった。

そこを容赦なく子分は蹴りを入れ、殴りつける。

「わ、わかった、やめてくれ」

ついに、浪人は泣き言を漏らしはじめた。

「うるせえ、舐《な》めやがってよ」

なおも子分は、暴行を繰り返した。

「や、やめてくれ」

逃げ惑う浪人を追おうとする子分を、正次郎が止めた。

「弥吉《やきち》、その辺にしてやれ」

「で、でもよう、兄貴。誓願堀を荒らすような奴は許せねえよ」

不満そうにする弥吉は、小柄ながらがっしりした体格をしており、目を血走らせ、いかにも血の気が多そうだ。

「もう、いいだろう。ご浪人、二度と、ここには足を踏み入れないほうがいいですよ。おわかりいただけましたね」

正次郎が諭《さと》すように言うと、

「わ、わかった」

恐怖に駆られたのか、浪人は逃げだそうとした。

そこへ、剣之介が地べたに転がった浪人の刀を拾って、

「忘れもんだよ」

と、放った。

浪人は目を白黒させて拾いあげると、そそくさと立ち去った。

「侍の魂《たましい》を忘れちゃいけませんや」

逃げゆく後ろ姿を見て、弥吉はからかいの言葉を投げた。

浪人は振り返りもせずに、一目散に遁走《とんそう》した。

「ざまあみろ」

弥吉はほかの子分たちと笑いあった。

黒紋付に袖を通した剣之介の前に、正次郎が歩み寄ってきた。

「みっともねえところをお見せしてすみません。これに懲《こ》りず、遊んでいってください」

頭をさげた正次郎に、剣之介は手を振った。

「いや、そりゃ、いいんだけど。あんた、ここを仕切っている風神一家の代貸しなんだね」

「正次郎っていいやす」

正次郎は折り目正しく挨拶《あいさつ》をした。

「おれ、佐治剣之介っていう浪人だよ」

剣之介も挨拶を返す。

「佐治さんですか。以後、お見知り置きを」

穏やかに言い置き、正次郎は子分とともに去っていった。

成り行きを恐々《こわごわ》と見守っていた茶店の主人に、剣之介が尋ねる。

「あの正次郎って人、なかなか、しっかりしているね」

「ええ、そうなんですよ。代貸しは、実に立派なお人でしてね」

主人も目を細めた。

それを見ただけで、正次郎がいかに町民に慕《した》われているかがわかった。

「風神一家は、唐獅子桜《からじしざくら》の正次郎でもつ、ともっぱらの評判ですからね」

「唐獅子桜っていうと……」

「背中に、見事な唐獅子の彫り物を施《ほどこ》していらっしゃるんですよ。桜吹雪《さくらふぶき》のなかにあって、唐獅子が吼《ほ》えているって絵柄だそうで」

「見てみたいな」

「いや、そりゃ、およしになったほうがいいですよ」

主人の目が怯えの色を帯びた。

「どうしたの」

「代貸しの彫り物を見たことがある者は、たいそう少ないんですよ」

主人が言うには、一度だけ彫り物が衆目《しゅうもく》にさらされたときがあるという。

誓願堀を守るために、大勢のやくざ者と喧嘩《けんか》をした際、二十人近い敵を相手にたったひとりで立ち向かい、見事に追い払ったそうだ。

「まさしく、唐獅子が吼えているようだったたって、それはすごかったたって話です。でも、彫り物が拝めるのはよっぽどのとき。わたしらも命を張らないといけない瀬戸際なんです」

「一見して温厚だけど、やるときはやるってことだね。なるほどね」

　剣之介は感心した。

「代貸しは、このシマに目を光らせてくださるんですよ」

「ふうん。代貸し……なんだか品格があるね。こう言ってはなんだけど、やくざには見えないな」

　剣之介が疑問を投げかけると、

「そうかもしれません。あの方は、お武家出身だという噂《うわさ》です。なんでも、さるお旗本《はたもと》の出だとか」

「直参《じきさん》の出か。そう言われてみると、そんな物腰だね。でも、旗本がどうしてやくざになったんだ」

「これも噂ですけどね。次男坊でいらしたんですが、お武家の暮らしに馴染《なじ》めず、御家を飛びだしたということで」

「ま、その気持ちはわからなくはないな」

　剣之介はうなずき、ふと、この話好きな主人に尋ねてみようと思いたった。

「ところでさ、誓願堀の軽業師っていうのは、どこにいるのかな」

「軽業がお好きですか」

「ああ、そうなんだよ。だからさ、あちらこちらの盛り場で、かならず軽業を見物するんすよ」

ことさらに明るい調子で、剣之介は答えた。

「以前はね、ずいぶんと評判を呼んでいたんですが、このところ、さっぱり人気がないんですよ」

「どうしてなんだい」

「軽業をやっている男が歳でね。身体がきかず、目を見張るような軽業が披露できなくなったんです。とんぼ返り、宙返りばかりを見せられても、そりゃ客は喜びませんよ。ほら、あそこで、しょぼくれているでしょう」

主人の視線の先を追うと、松の木にもたれて座っている男がいた。

「松にもたれているからってわけじゃありませんが、松蔵《まつぞう》さんておっしゃるんですよ」

陽だまりのなか、松蔵は粗末な小袖を尻はしょりにし、両足を投げだしてうたた寝をしている。髪は白く、髷は細い。額には、無数の皺《しわ》が刻まれていた。

「なるほど、しょぼくれているな」

思わず剣之介は噴きだしてしまった。

三

茶店を出ると、剣之介は松蔵のほうへ歩いていった。

「なんだ、今日は休みっすか」

剣之介が語りかけると、

「ええ……」

松蔵は顔をあげた。目をしょぼしょぼとさせ、くたびれた様子で、あくびを漏らした。

「軽業師なんだろう、とっつあん」

「ああ、そうだ。いや、そうだった、と言ったほうがいいな」

松蔵は自嘲《じちょう》の笑いを漏らした。

「なにも、あんたがひとりで芸を披露することはないじゃないか。若い者を雇えばいいんだよ」

「駄目だね」

松蔵は横を向いた。

「どうしてだよ」

「仕込んで一人前《いちにんまえ》になったら、ほかへ流れちまうんだよ」

「恩知らずな奴ばっかりってことか」

「そういうこと」

松蔵は、かたわらの草をむしって投げた。

「あんたさ、兆次って男を知っているかい」

松蔵の顔が、はっとなった。

「知っているんだね」

「知っているもなにも、わしが仕込んでやった。あいつがまだ五つのときに、親に売られてな。相模《さがみ》の小田原宿《おだわらしゆく》の外れだったか。もう二十年も昔の話だよ」

当時、松蔵は大道芸を披露しながら、関八州《かんはっしゅう》を旅してまわっていたそうだ。貧しい百姓たちは、娘や息子を売っていた。松蔵は兆次を買って、軽業を仕込んだのだという。

「奴はとりわけ筋がよかった。ほかの餓鬼どもが、根をあげたり、怖がったりして覚えられなかった軽業も、あっという間に習得しやがった。軽業師になるために生まれてきたような男だったぜ」

目を細め、松蔵は思い出を語った。

「そんなに出来がよかったのか」

「軽業ばかりじゃなくてな、見栄えがいいもんだから、女にもてた。だから、わしの……景気がいいときは十人ばかりいたんだが、一座いちの人気者になった。兆次目あてで、大勢の見物人が来たもんよ。一時は、小屋まで建てたんだぞ」

往時の思い出がよみがえったのか、松蔵は生き生きとした顔になった。

「そいつはすごいね」

「ああ、あのころはな……ほんとよかった。小屋から見物人が溢《あふ》れてな。軽業を披露するたびに歓声があがって、舞台の上がおひねりでいっぱいになった」

「兆次がいなくなったのが悔《く》やまれるね。おれはさ、軽業を見るのが三度の飯より好きなんだ。とっつあんから聞いて、兆次の業を見たくなったよ」

「本当に惜《お》しいよ」

松蔵は嘆《なげ》き節になった。

すると、

「親方……こんだけしか集まらなかったんです」

若い男がやってきた。

痩《や》せぎすだが背が高く、そのせいか小袖の裾《すそ》が短い。表情に締まりがなく、へらへらとした顔つきをしている。

「どれ、見せろ」

松蔵は言うと、男は縁《ふち》が欠けた茶碗《ちゃわん》の中を、松蔵に見せた。銭が何枚か入っている。

「なんだ、十二文か。話にならんな」

松蔵はくさした。

「すんません」

男は頭を掻《か》いた。へらへら笑いを浮かべたままのため、言葉とは裏腹に、反省の色は見えない。

不甲斐ない弟子《でし》と現状を剣之介に見られて、ばつが悪そうな顔をした松蔵の腹が、ぐうと鳴った。

「どうだい、飯を食わないか」

剣之介が誘いをかける。

「これじゃあね」

松蔵は銭を手のひらに乗せて、じゃらじゃらとさせた。

「いいよ、おれが奢る」

剣之介の言葉に、松蔵は顔をぱっと輝かせた。

「い、いいんですかい」

「かまわないよ。言ったでしょう。おれ、軽業が三度の飯より好きだって。ええっと、あんた……」

若い男に視線を向ける。

「こいつは、捨吉《すてきち》っていいます」

若者ではなく、松蔵が答えた。

「捨吉さんもさ、一緒に来たらいいよ」

「は、はあ……」

捨吉は、ぼおっとして目を泳がせた。

「せっかくだ、お相伴《しょうばん》にあずかれ」

「おしょうばんって、なんですか」

捨吉の間抜けな問いかけに、松蔵は舌打ちをし、

「馬鹿、いいから一緒に来い」

捨吉の頭を、ぽかんと叩いた。

四

「遠慮しないでくれよ。盛蕎麦《もりそば》とかき揚げを頼むか」

誓願堀の蕎麦屋に入り、剣之介は蒸籠《せいろ》を十五枚と、貝柱《かいばしら》のかき揚げも注文した。

「とっつあん、酒、飲むだろう」

剣之介が問うと、

「ええ……へへ、まあ」

松蔵は相好《そうごう》を崩した。

「とりあえず冷やでいいから一本持ってきて」

酒と蕎麦が運ばれてくると、さっそく捨吉は蕎麦を手繰《たぐ》りはじめ、松蔵は酒を美味《うま》そうに飲む。猪口ではなく湯呑みに注いだ冷や酒を、目を細め水のように飲み干した。

「相当、酒が切れていたんだな」

「ええ、みっともねえことですが」

「捨吉さんは、なにをやっているんすか。とっつあんに軽業を学んでいるんじゃないの」

剣之介は捨吉に視線を向けたが、捨吉はというと、一心不乱に蕎麦を手繰っている。

「こいつはね、飯を食っているときは、話しかけても駄目なんですよ。食い意地だけは一人前なんです」

「そうか、ま、食べるのはいいことだよ」

剣之介の言葉に、松蔵は目を細め、

「まったくね」

恥じ入るようにうなだれる。

「ところで、さっきの銭は……」

剣之介が蒸し返すと、松蔵は頭を掻いた。

「面目ねえこってすがね。こいつに物乞《ものご》いをさせているんですよ」

「捨吉は軽業はやらないのか」

「こいつは、見てのとおりのぼんくらでしてね。いくら仕込んでも、ものにならないんです」

松蔵は嘆いた。

「どれくらい、やっているんだい」

「五年ほどですかね」

「たった五年じゃ、一人前にはならないんじゃないの。もっと長い目で見てやったらどうすか」

「いや、そうは言ってもですよ。兆次なんてあっという間だった。まあ、あいつが特別だったわけですがね。とにかく、捨吉しか弟子が残っていないってのも、わしの至らないところなんでしょう。五年も経って業ひとつ身につかないっていうのなら、諦《あきら》めたほうがいいんですよ」

情けない、と松蔵はため息を吐いた。

「親方、蕎麦、もっと食べていいかい」

松蔵の心境をよそに、捨吉が言った。

「馬鹿、遠慮しねえか」

叱《しか》りつける松蔵を制し、

「かまわないっすよ」

剣之介は、蕎麦を五枚追加した。

「仕事は半人前、食べることは二人前だ」

「まあ、いいじゃないすか」

嘆く松蔵を、剣之介がにこにこと宥めた。

「ところで、その兆次という男、いま、どうしているんだい。音沙汰《おとさた》はないの」

「ああ、あいつは……」

松蔵が口ごもった。

すると捨吉は顔をあげ、

「兆次兄いは盗人だよ」

途端に、

「よけいなことを言うな」

松蔵は、捨吉の額をぽんと叩いた。たちまち、捨吉はしゅんとなる。

「盗人か……ああ、読売《よみうり》で読んだよ。軽業師だった男が盗みに入って、そりゃ、すばしこいのなんの。千両箱を担いで、火盗改の追っ手も楽々と撒《ま》いちまうって。あ、そうなのか。あれ、たしかましらの兆次って書いてあったものな。へえ、兆次って、盗人になったんだな」

剣之介の言葉を聞き、松蔵は恥じるようにうなだれた。

「まったく、世間さまに顔向けできませんや」

「兆次が盗人になったのは、どうしたわけなんだ。よかったら、聞かせてくれねえかな」

「まあ、そうですね。たいした奴だったんですがね、やはり若いだけに、遊びを覚えましてね」

博打《ばくち》、酒、女……。兆次は、たいそうのめりこんだのだそうだ。

「そのうち、借金を重ねるようになって、賭場《とば》を仕切るやくざ者が取り立てにやってくるようになってね。あいつ、芸を披露するどころじゃなくなった」

当初は松蔵が、借金を肩代わりしてやった。

「ところが、それで遊びがおさまることはなかった」

そのうちに、兆次は軽業を駆使《くし》した盗みを働くようになった。それで、いつしか一座から抜けてしまったのだという。

「まったく、恩を仇《あだ》で返しやがって」

松蔵は酒をあおった。

ここでまたしても捨吉が、

「おいら、兆次兄いに負けない軽業師になるよ」

と、あっけらかんとして言った。

松蔵は顔をしかめたが、ふっと息をついて皮肉《ひにく》を口にした。

「そうか、そりゃ、ありがとうよ。あてにしないで待っているよ」

「親方、おいら、がんばるよ」

皮肉を励ましの言葉と受け止め、捨吉は笑顔を見せた。

「うん、その意気だ。人間、こうと決めて一生懸命にやったらさ、案外なんとかなるもんだからね」

剣之介も笑顔を投げかけた。

「そうだな、あっしらは、芸は盗めってことでやってきましたからね。お手本をやって見せてから、それができない奴は見捨ててきました。でもそれじゃあ、育ちませんね。ちゃんと見てやらねえと」

松蔵はしみじみとなった。

「あんたのところから出ていってから、兆次は、まったくの音沙汰なしだね」

「そうですよ」

まったく恩知らずで、と松蔵はまたも兆次をなじった。

蕎麦とかき揚げを食べ終えた捨吉が、懐から剣玉《けんだま》を取りだした。

玉がときどき腕にあたり、そのたびに顔をしかめるものの、捨吉は飽きることなく夢中になって遊んだ。

「不器用な野郎だ」

なんとも呑気《のんき》な捨吉を見て、松蔵は顔をしかめた。

剣之介は立ちあがり、代金を払おうと袖から財布を取りだした。が、うっかり手を滑らせてしまった。手から財布が落ちる。

しまったと思った瞬間、捨吉は剣玉をやりながら、左手で受け止めた。

「ありがとうな」

剣之介が礼を言うと、捨吉は黙ったまま首を縦に振った。


松蔵、捨吉と別れた剣之介は、その足で誓願堀を見てまわった。

すると、正次郎の子分の弥吉と出くわした。

「あんた、さっきの浪人さんですね」

剣之介と目が合うと、弥吉は警戒の目を向けてきた。

「そうだよ。ここ、なかなかいいシマだね」

「……そりゃあ、ありがとうございます。ええっと、佐治さんでしたね。佐治さん、なにをしにいらしたんですか」

「なにをしにって、遊びにきたに決まっているじゃない」

剣之介はさらりと言ってのける。

「まあ、そりゃ、そうでしょうがね」

値踏みするように、弥吉は剣之介をねめつけた。

「なに、おれのこと、怪しんでるの」

「いや、別に」

「なんだよ、怪しんでるって目をしているじゃないの。腹を割ってくれよ」

剣之介のあまりのいけしゃあしゃあぶりに、弥吉は毒気を抜かれたようだ。

「疑っているって言いますかね……このところ、うちのシマを狙《ねら》っている一家がいるんですよ」

「どこの一家なの」

「浅草、待乳山聖天《まっちやましょうでん》の門前町にある閻魔《えんま》一家です」

「閻魔、それはまたわかりやすい名前の悪党だね。親分は、さしずめ鬼吉《おにきち》とでもいうのかい」

「いや、寅吉《とらきち》っていうんですがね」

「なんだ、つまらん。まともな名前じゃないか」

剣之介は笑った。

「ま、それは置いておくとしましてね。それで、閻魔一家の連中がこのところ、浪人者を雇って、誓願堀で嫌がらせをしているんですよ」

「さっきの茶屋で言いがかりをつけた浪人も、そのひとりだったのか」

「おそらく、そんなところでしょう。いくら浪人だってですよ、風神一家のシマで刃物振りまわして暴れるなんてことは、そうそうしませんや」

「なるほどな。おれを疑う理由はわかったよ。でもね、おれは閻魔一家なんて知らないんだからね」

「どうやら、そのようですね」

「おれが来たのは、軽業を見たかったからさ」

「ああ、軽業ね。松蔵爺《じい》さんは、すっかりくたびれちまっているし、捨吉って若いのは役立たずだしな」

「あんた、兆次は知っているのかい」

「兆次……ああ、知ってますよ。あいつは、評判の軽業師でしたからね」

「いまは盗人だ」

「そのようですね」

弥吉は曖昧《あいまい》に誤魔化《ごまか》した。その話題には触れたくないようだ。

「どうしたんだ」

「いや、うちの一家とは関係ありませんからね」

「そんなこと思っていないよ」

「でもね、妙な言いがかりをつけている連中がいるんですよ。おそらくは、閻魔一家が流しているんでしょうが」

「どんなことだい」

「うちの一家が兆次に盗みをやらせているって、とんでもねえことを吹聴《ふいちょう》してやがるんで」

弥吉は口を尖らせた。

「ひどいね」

「ひでえですよ」

憤慨《ふんがい》する弥吉に、

「ひょっとして、閻魔一家と兆次が結びついているってことはないかい」

剣之介は、にんまりとした。

五

弥吉は目をしばたたき、

「そりゃ、いくらなんでも……」

と、否定したものの自信はなさそうである。

「ありえなくはないと思うよ。だってさ、いくら兆次が凄腕の盗人でも、火盗改に追われているからには、そうそう簡単には身を隠しきれないさ。江戸以外で盗みを働くのならともかく、わざわざ江戸に戻ってきて、火盗改を嘲笑《あざわら》うように盗みを重ねているってことは、どこかにかくまわれているのかもしれないよ。誓願堀を狙う閻魔一家なら、ぴったりだと思うけどなあ」

剣之介の言葉を聞くと、弥吉の顔が曇った。

「どうやら、心あたりがあるようだね。ひょっとして、兆次が誓願堀から出ていったのは、風神一家がかかわっているんじゃないの」

「そ、そんなことはねえ」

言下に弥吉は否定したが、

「怪しいな。いまの態度。おまえの言ったとおりだって、顔で証言していたよ」

剣之介は鎌《かま》をかけた。

「いや、あんた、なにを証拠に……」

弥吉の目がつりあがった。

途端に、剣之介は満面に笑みを広げ、

「出ました！」

「え、ええ……出たって、なにが」

あわてふためく弥吉に、剣之介は自信満々に言いきる。

「やましいことがある人間はね、悪事を働いて追及されるとかならず、なにを証拠に、って開き直るんすよ」

「いや、そりゃ、その、言葉の綾《あや》ってやつだよ」

弥吉は目を逸《そ》らした。

「またまた、出ました！」

剣之介は手を叩いた。

「なんですよ」

うんざりとして、弥吉は剣之介に視線を戻した。

「目を逸らすのは、やましいことを抱えている証《あかし》さ」

声をあげて剣之介は笑う。

ここにきて、弥吉は表情をあらためて身構えた。

「あんた……」

「佐治だよ」

「佐治さん、あんた、ましらの兆次を追っているんですか」

「ああ、そうっすよ」

「ひょっとして……火盗改かい」

「ただの軽業好きの男だよ。評判となった兆次の軽業を見たいと思ってね。誓願堀までやってきたってわけ」

剣之介の言葉を、弥吉は疑わしげに聞いていたが、

「たしかにね、兆次は誓願堀で開帳している賭場で、借金をこさえましたよ。出入り止めにしてやったさ。でもそれはね、代貸しのはからいだったんだ。あいつを博打にのめりこませちゃいけないって。せっかくの軽業が披露できなくなっちまうってね」

「なるほど、あの代貸しさんなら、考えそうなことだ。兆次を博打から足を洗わ

せようとしたんだろうね」

「代貸しは、かたぎの衆に迷惑をかけることを、とっても嫌うんだ。誓願堀に足を運んでくれるかたぎの衆は、兆次の軽業を楽しみにしている者が多かったからね」

「兆次の軽業って、どんな具合にすごかったんだい」

「そりゃ、口じゃうまいこと説明できねえけど……」

弥吉は空を見あげた。

次いで、松並木に目を留めた。

「そう……あんな松の枝から枝へ、自在に飛び移ったりね。宙返りだって、一回や二回じゃねえ、三回、四回、五回ってくるくる独楽《こま》みたいにまわるんですよ。側転《そくてん》だって、ほかの軽業師とはまるでものが違う。車輪のようにまわるのさ。駕籠《かご》抜《ぬ》けときたら、普通、七尺くれえの駕籠を抜けるだけだが、兆次の奴は、十尺の駕籠を矢のように抜けていたんですよ。そら、すげえのなんのって」

弥吉の口調は熱を帯び、頬が火照《ほて》った。

剣之介の脳裏にも、見たことのない兆次の軽業が浮かびあがる。

凄腕の軽業師であったことは、間違いないのだろう。まさしく、ましらの兆次のふたつ名にふさわしい男だったのだ。

それだけに、盗人に身を落としたのが悔やまれる。ましらのごとき軽業を盗みに使うとは、なんとも馬鹿な奴だ。

「で、賭場を出入り止めになっても、兆次は軽業に専念しなかったわけか」

剣之介の問いかけで、弥吉は我に返った。

「あいつ……代貸しの温情もわからず、それならって、誓願堀以外の賭場に通うようになったんですよ」

「あげくに借金が膨らみ、盗みに手を出したと」

「ま、そういうこってす。松蔵さんも、博打をやめろと、ずいぶんと口やかましく言ったようなんですがね……」

「松蔵さんの話だと、やくざ者が取り立てにくるようになったとか」

「そうなんですよ。あっしらも、無茶な取り立てはしねえように、目を光らせていたんですがね。やくざ者のあっしが言うのもなんですけど、やくざってのは人目のつかねえところで脅《おど》したり、乱暴を働いたりしますんでね」

へへへ、と弥吉は薄笑いを浮かべた。

「借金を返すため、盗人になったってわけか……」

剣之介が束の間の感慨に耽《ふけ》る。

「それで、いつの間にか誓願堀を出ていったよ」

「兆次が出入りして借金を作ったっていうほかの賭場は、もしかして閻魔一家のところなんじゃないの」

「そうでしたね」

「じゃあさ、閻魔一家のために、盗みを働いていたのかもしれないよ。火盗改の追っ手がかかって、ほとぼりが冷めるまで江戸を離れて、そんで今回、江戸の酒と女が恋しくなって戻ってきて……またもや閻魔一家にかくまわれながら、盗みを働いているのかもしれない。兆次が稼いでくれれば、閻魔一家にとっても、いい金蔓《かねづる》になるものね」

「まあ、そりゃ、考えられなくはないですね」

弥吉は神妙な面持ちになった。

そこへ、代貸しの正次郎がやってきた。弥吉は剣之介に一礼して、正次郎のほうへと歩いていった。

「さっきの浪人さんだな」

近づいた弥吉に、正次郎は尋ねる。

「そうなんですよ。やたらと、ましらの兆次のことを聞かれましたぜ」

そこで弥吉は、ちらっと振り返り、剣之介に視線を向けた。

だが、すでに剣之介の姿はなかった。

「あの男、何者だ。ただの浪人じゃないな」

正次郎の目が、鋭く凝《こ》らされた。

「本人は、軽業好きの浪人だって言ってましたがね……」

「火盗改かもしれねえぜ」

「あっしもそう疑ったんですがね、本人は違うって言ってました。ま、嘘《うそ》かもしれませんがね。でももし火盗改だとしたら、相当に型破りな御仁《ごじん》ですよ。密偵《みってい》かもしれませんね」

「朱鞘の刀……ありゃあ、侍が差す大刀じゃない。おれたち同様の長ドスだ。しかも、鞘の先のほうは鉛で覆ってあったぜ」

「鞘も武器にするってこってすか」

「そうだろう。おそらくは、相当に喧嘩慣れしているだろうよ」

正次郎は笑顔を浮かべた。

「兄貴、佐治って男と、喧嘩したくなったんじゃありやせんか」

「以前のおれならな……喧嘩してえと思った奴が現れたら、なんのかんの言いがかりをつけて、喧嘩を売っていたもんだ。だがな、いまは代貸しとして、誓願堀を守らなきゃいけねえ。喧嘩沙汰をおさめるのが、おれの役まわりだ」

「残念そうですね」

「ああ、残念だぜ。久しぶりに喧嘩の強そうな骨のある奴に巡り会ったから、なおさらだ」

　正次郎は言った。

「ところで、佐治が言っていたんですがね。ましらの兆次は、閻魔一家にかくまわれているんじゃねえかって」

「なんだと」

「証はありませんが、言われてみると、しっくりきやす。兄貴に出入り止めを食らってから、兆次は誓願堀以外の賭場に通っていたと聞いてます。とくに、閻魔一家の賭場に足を向けていた。近いから通いやすかったんでしょう。それで、閻魔一家の賭場っていったら、いかさまで悪評ふんぷんでしょう」

「そのようだな」

正次郎は渋面を作った。

「もしかすると、閻魔一家は兆次を博打で取りこんだんじゃありませんかね。借金を背負わせ、返させるために盗みを働かせた。閻魔の寅吉なら、いかにもやりそうな手口ですぜ。それに、閻魔一家が力をつけてきたのは、たしか三年前くらい前だ」

「兆次が誓願堀を出ていったころ、ということか」

「そうですよ。閻魔一家は、兆次が盗んだ金で大きくなったんですぜ」

「そうとは決められねえがな」

「兄貴、そんなことを言っていると、閻魔一家に誓願堀を取られてしまいますぜ。ましらの兆次は江戸に戻ってきて、またもや盗みを働いているらしいじゃねえですか。佐治さんが言ったように、閻魔一家にかくまわれながら、盗人稼業に精を出しているのかもしれねえ」

弥吉は危機感を募《つの》らせた。

「だが、兆次をかくまったとわかれば、閻魔一家はたちまち火盗改に潰《つぶ》されるだろう。そんな危ない橋を渡るもんか」

正次郎は疑わしげに舌打ちをした。

六

「でもよ、ましらの兆次を風神一家がかくまっているなんて噂を、閻魔一家は流しているんですぜ」

　弥吉の言葉を受け、正次郎は鼻で笑った。

「火盗改は馬鹿じゃねえさ。そんなガセネタを真《ま》に受けるもんか」

「わかりませんぜ。火盗改は面子にかけて、兆次をお縄にしようって腹でしょう。少しでも手がかりだと思えるところを、探るんじゃありやせんか。そう考えると佐治って浪人、やっぱり火盗同心じゃないにしても、手先かもしれませんよ」

　弥吉は険《けわ》しく目を凝らした。

「わかった。とにかく、佐治には用心するよう、おめえからも子分たちに言っておいてくれ」

「へい」

　弥吉が腰を折って立ち去ったあと、正次郎は見まわりを続けようとした。

　すると、

「代貸しさん」

と、背後から声をかけられた。

素《す》っ頓狂《とんきょう》に明るい声音《こわね》と馴れ馴れしい物言いは、あの佐治という男に違いない、と振り返った。


剣之介は弥吉と別れてから、誓願堀を見てまわった。あちらこちらから、兆次の軽業を懐《なつ》かしむ声が聞かれた。

ぐるりと一周してから戻ってみると、正次郎と弥吉がなにやら深刻そうな顔で立ち話をしていた。聞き耳を立てたが、内容はわからず、ただ兆次の名がときおり漏れ聞こえてきただけだ。

兆次について、深い話しあいをしているに違いない。やがて、弥吉が立ち去ってから、剣之介は正次郎にゆっくりと近づいた。

「代貸しさん」

声をかけると、正次郎は振り返った。

「佐治さん、まだいらしたんですか」

正次郎は丁寧な言葉遣いで言った。

「居心地がいいんでね、あちらこちら楽しませてもらっているっすよ。ほんと、いい盛り場だね。近頃はお上がうるさくってさ、しょぼい盛り場ばっかりなんだけど、誓願堀はいいよね」

「気に入ってもらえたら嬉《うれ》しいですよ」

「でもね、さっきも弥吉さんに言ったんだけどさ。おれは無類の軽業好き、こんだけの盛り場で軽業が披露されていないっていうのは、残念だね」

「そいつはどうも……申しわけないこって」

「でさあ、ましらの兆次について、なんか心あたりない？」

突如として、兆次の話題を向けた。

「佐治さん……兆次のこと、ずいぶんと気にかけていなさるようですね」

「だって、すごい軽業師だったんでしょう」

「ええ、たいした軽業師でしたね。佐治さんが軽業に興味を持つのはわかりますがね、盗人に身を落とした奴のことにこだわるってのは、ほかになにかわけがあるんじゃござんせんか」

「おれを火盗改だって疑っているの」

「正直、火盗改の手先ではないか、と勘繰《かんぐ》っております」

「なるほど、同心じゃなくて手先か。そりゃ、そうだよね。この格好を見りゃ、まっとうな同心には思えないものね。じつはね、手先ってわけじゃないけど、火火盗改を手伝っているんだ。兆次を見つけたら、五十両をくれるって約束でね」

剣之介は明るく答えた。

「なるほど、そういうこってすか」

正次郎は納得したように、小さく首を縦に振った。

「どうやら、ここには兆次はいないようだけど、面白いネタをつかむことができたっすよ。閻魔一家ってのが臭《くさ》いね」

「さあ、あっしの口からはなんとも言えませんね」

「あんた、筋を通す人だって評判だものね。でも、その閻魔一家、ここで好き放題だそうじゃない」

「好き勝手はさせちゃあいませんよ」

正次郎の目が鋭く凝らされた。

「これは失礼。いずれにしても、閻魔一家には用心しておいたほうがいいんじゃないのかな」

「ご忠告、痛み入ります」

正次郎は一礼して立ち去った。

剣之介は自宅に戻った。

上野《うえの》の御徒大縄地《おかちおおなわち》に軒《のき》を連ねる、徒組《かちぐみ》の者たちが住まう屋敷のひとつだ。百坪の敷地、冠木門《かぶきもん》を備えた屋敷ばかりとあって、入居した当初は道に迷ったものである。

母屋《おもや》の格子戸《こうしど》を開けて玄関をあがると、居間に入った。

「遅かったな」

父親の音次郎《おとじろう》が返した。

還暦《かんれき》を過ぎて髪は白くなり、皺も増えたが肌艶《はだつや》はよく、息子同様に目つきは鋭い。金貸しで儲《もう》けた金で御家人《ごけにん》株を買ったのが、いまから四年ほど前である。

文机《ふづくえ》に帳面を広げて、算盤玉《そろばんだま》を弾いていた。

「親父、朝から晩まで銭勘定して飽きないか」

「ああ、飽きん」

算盤を使いながら、音次郎はぶっきらぼうに返す。

「ま、そりゃいいや。近頃は、どんなところに金を貸しているんだい」

「なんだ、取り立てをやりたいっていうのか」

「そうじゃないけどさ」

「いまのところ、義助《ぎすけ》で間に合っているがな。義助で手に負えそうになかったら、頼む。ちょっと、手ごわそうな貸付先があるからな」

「どこだよ」

「浅草待乳山聖天宮の門前に一家を張る、閻魔一家というやくざだ」

「閻魔一家……」

「なんだ、知っているんだ」

「火盗改の探索でな。それで、いくら貸したんだ」

「百両ばかりだ」

「へえ、閻魔一家って、金に困っているのかな」

「楽ではないようだぞ。なんでも、町方に賭場を摘発《てきはつ》されたそうだ。それに、閻魔一家のシマは、さほど大きくはない。近くの風神一家の誓願堀のような、大きなシマはないんだ。あいつらは、あちこちの盛り場や夜鷹《よたか》たちの用心棒をやったり、ときに商家に言いがかりをつけ、無理やり慰謝料をぶん捕ったりしている。だから、安定した収入が見こめんのだな」

「なるほどね。乱暴なだけじゃ、やくざといえど食っていけないんだな」

「それで、ほとぼりが冷めて、賭場が開帳できるまでの間、繋《つな》ぐ金が借りたいとわしを頼ってきたというわけだ。まあ、わしが信頼ある金貸しだという評判があってこそだがな」

得意げに音次郎は言った。

「とかなんとか言っているけどさ。要するに、町奉行所に摘発されたやくざ者に、金を貸す者なんかいなかったからじゃないの」

剣之介がくさすと、音次郎はむすっとして答えた。

「ともかく、わしを頼ってきたことはたしかだ」

それから、ふと思いついたように、

「とはいえ、相手はやくざ。きっちりと証文どおり金を返すかどうか、疑わしいもんだ。そのときは、おまえに取り立てを頼むぞ」

調子のいいことを、音次郎は頼んできた。

音次郎の信条は、受けた恩と借りた金は返せ、である。たとえ相手がやくざだろうと侍だろうと、貸した以上、一銭たりとも容赦なく取り立てるのである。

「わかったよ。ちゃんと礼金をくれたらね」

剣之介は請け負《う お》った。

閻魔一家は、百両の金に苦労しているということか。

先日、ましらの兆次が盗み取ったのは、千両である。もし、閻魔一家が兆次をかくまっているとすれば、その礼金は百両ばかりではないだろう。

すると、閻魔一家は兆次をかくまってはいないのだろうか。

「どうした、ぼおっとして」

「いや、なんでもない」

「陰気だぞ」

「朝から晩まで銭勘定しているほうが、ずっと暗いさ」

剣之介は言った。

あくる日、剣之介は誓願堀にやってきた。

すると、山辺が待っている。

「どうしたんだ、おっさん。そんな暗い顔をして」

山辺はむっとして返した。

「昨晩、またもや、ましらの兆次が出没したぞ」

まるで、剣之介を責めるような口調である。

「へえ、そうなんすか。どこですか」

「上野広小路に面して店をかまえる、鼈甲《べっこう》問屋・伊勢崎屋《いせざきや》だ。千両を奪われた」

「どうして、ましらの兆次の仕業だってわかったの」

「店の奉公人がふたり、追いかけたそうだ。そうしたら盗人の奴、動きがすばしこいのなんの、武家屋敷の練塀を飛び越えて逃げてしまったそうだ」

「おっさんが取り逃がしたときと同じってことか」

剣之介の言葉に、山辺は嫌な顔をした。

「そういうことだ」

「火盗改の屋敷じゃ、さぞかしおれのこと罵《ののし》っているよね。おおかた、服部さんあたりが」

「まあ、誉《ほ》めてはおらんな」

山辺は言った。

「とにかく、お縄にするから、安心してていいよ」

「あてがあるのか」

「あったと思ったら、どうやら違ったらしいよ」

「なんじゃと、なら、手がかりはない、ということではないか」

山辺は顔を歪《ゆが》めた。

「そう、振り出しに戻ったってこと」

「おまえなあ……」

山辺の心配などどこ吹く風、剣之介は口笛を吹き鳴らし、誓願堀に入ろうとした。

すると、一個の影が、猛然と剣之介の横を通りすぎた。

七

「おっと」

転びそうになった剣之介は、なんとか踏みとどまって影の正体を見定めた。

走り去る後ろ姿は、長身、丈《たけ》の短い小袖——捨吉に違いない。

だが、すぐにはわからなかったくらい、茫洋《ぼうよう》としたあの捨吉とは、まるで別人であった。

追いかけようとしたが、捨吉はみるみる遠ざかり、すぐに視界から消えた。

「なんだ、あいつ」

　つぶやきつつ、誓願堀に足を踏み入れた。

　捨吉の様子が気にかかり、松蔵を訪ねた。松蔵は今日も松の木に身をもたせかけ、両足を投げだして地べたに座っていた。

　剣之介に気づくと、ゆっくりと立ちあがる。

「先日はご馳走《ちそう》になりまして」

　と、礼を言った。

「それはいいんだけどさ。いま、出入り口で捨吉とすれ違ったんだけど、あいつ、すばやかったよ。軽業を仕込んでやれば、ものになると思うけどな」

　剣之介が言うと、

「それはもう無理な話ですな……。捨吉をきつく叱ったところでして」

　松蔵は顔をしかめた。

「どうして叱ったの」

「あいつ、盗みを働いたようなんですよ」

「いくら」

「三両です」

「三両……」

金額の少なさに、剣之介は驚いた。いや、もちろん三両もたいした額だが、どうしてもましらの兆次とくらべてしまう。

情けなさそうに松蔵は言った。

「風神一家にショバ代を払うことになりまして、困っていたんですよ」

この一年、松蔵はショバ代を払っていなかったという。代貸しの正次郎の情けにすがってきたのだが、他の芸人にもしめしがつかず、さすがに払わないわけにはいかなくなった。

しかたなく、誓願堀を出ていこうと思っていたら……。

「今朝のことでしたよ。弥吉さんが、ショバ代の取り立てにきたんです。それで、払えないから出ていくって伝えようとしたんですがね、弥吉さん、にこにこと機嫌がいいんで。どうしたんだろうって思いましたよ」

聞くところによると、今朝、捨吉が風神一家に、一年分のショバ代を届けにきたのだそうだ。月々一分、十二月で三両というわけだ。

「そんな金、盗みでもしないかぎり、手に入るわけはござんせんや。それで、捨吉を問いつめたんです。おまえ、もしかして盗みを働いたのか、とね」

松蔵はそこでため息をついた。

「あいつは、黙ったままなにも答えず、それでいて、恨めしそうな目で睨《にら》みやがって……それで、わしも堪忍袋《かんにんぶくろ》の緒《お》が切れて、出ていけって、怒鳴っちまったってわけでして」

松蔵は唇を嚙んだ。

「とっつあん、それでもやっぱりさ、捨吉をなんとしても引き止め、軽業をやらせてみるべきだと思うよ」

剣之介の言葉に、松蔵は小さく首を左右に振った。

「あんな、うすのろ……」

「うすのろじゃないよ。言ったよね、風のように走り去っていったって」

「足が速くたってね、ちゃんと業ができなきゃ」

「あの走りっぷりからして、相当に敏捷《びんしょう》だと思うけどなぁ」

「そうですかね」

「間違いないさ。まさに……ましらのような動きだったね」

そこまで言って、剣之介は表情を引きしめる。

それでも、松蔵は首を振り続けた。

「あいつが……まさか、兆次じゃあるまいし」

「いや、おれはね、捨吉も相当な軽業師だと思うよ。それこそ、ましらの兆次ほどではないにしてもさ」

「それはいくらなんでも、買いかぶりってもんですよ。兆次とはものが違いますぜ」

「だけど、客を呼ぶことはできるんじゃないの」

「そんな……何遍《なんべん》も言いますけどね、そりゃ、佐治さんの買いかぶりですよ。あっしゃね、この道ひと筋、四十年も軽業で飯を食ってきたんです。そのあっしの目から見て、捨吉には軽業の素質ってもんがありませんや」

「とっつあん、そりゃ、あんたは練達の軽業師だろうけどさ、頑固《がんこ》すぎやしないかい。一遍、見てやったらいいじゃない」

「無駄ですって」

頭から松蔵は取りあわない。

「まったく……うちの親父もそうだけど、歳をとると、意固地になっていくもんすね。それじゃあ、若い者は育たないっすよ」

剣之介はくるりと背中を向け、立ち去った。

ぶらぶらと誓願堀を流していると、弥吉の姿を見かけた。

どうやら、風神一家の子分たちと、ショバ代の取り立てをおこなっているらしい。剣之介に気づくと、弥吉は警戒の目をしながら近づいてきた。

「また、いらしたんですか」

「いけないの」

すっとぼけた調子で問い返す。

「いけなくはありませんがね、佐治さんがお目あての軽業はやっていませんよ。来月になったら軽業の興行が開けると思ったんですが、あいにくと……」

弥吉は舌打ちをした。

「それって、松蔵さんとかかわる話だよね。今月で松蔵さんが誓願堀から出ていく予定だったのに、出ていかなくなったってことかい」

「ええ、どうしてご存じなんです」

「そんなことはいいじゃない。それよりさ、ショバ代を捨吉さんがおさめたから、松蔵さんは出ていく必要がなくなったってことだよね」

「ま、そういうこってね」

「捨吉は、どうしても誓願堀を離れたくないんだろうね。だって、松蔵さんは出ていくつもりだったんだから。でも、捨吉がそこまで出ていきたくない理由ってなんだろう。あんた、心あたりあるんじゃないの」

考えるふうに腕を組んだ弥吉に、剣之介は続ける。

「ひょっとして、兄と慕っていた、ましらの兆次がここに帰ってくるって思っているんじゃないのかな」

「たしかに、捨吉は兆次を慕っていましたよ。でもね、盗人になった兆次がのこのこ帰ってくるなんて、期待しますかね」

「兆次は江戸で盗みを働いているんだからさ。誓願堀に顔を出したっておかしくないと思ったんじゃないかな」

「いやいや、兆次だって馬鹿じゃない。わざわざ、自分からお縄になるような真似はしねえでしょう」

「ま、それもそうだけど……そうそう、そういえば兆次は、閻魔一家にはかくまわれていないよ」

「そうなんですか」

「閻魔一家は賭場を摘発されて、金に困っているらしいじゃない」

「だから、誓願堀に、なにかとちょっかいをかけてくるんですよ」

「もし兆次をかくまって盗みを働かせているのなら、金には困らないよ」

「それもそうですね。じゃあ、兆次はどこに隠れているんですかね」

「風神一家にかくまわれているんじゃないの」

唐突に言って、剣之介はにやっとした。

「冗談はよしてくださいよ。そんなはずねえでしょう。だいいち、兄貴が許しやしませんよ」

「そうだよね。あの堅物の正次郎さんが、そんなこと許すはずない」

「そういやあ、捨吉の奴、兆次だけじゃなく、兄貴にもたいそう懐いていましてね」

以前から正次郎は、なにかと捨吉の面倒を見てきたらしい。兆次以上の軽業師になれ、と励まし続けているのだとか。

「へえ、ということは、捨吉が誓願堀を出ていきたくない理由のひとつに、正次郎さんのこともあるわけか」

「そうかもしれません」

弥吉がうなずいた。

と、まわりの子分たちがいっせいに頭をさげた。

正次郎がやってきたのだ。

不審げな顔をする正次郎に、剣之介は臆せず尋ねた。

「捨吉がショバ代を届けたんでしょう」

「ええ、そうですよ」

「どうしても誓願堀から出ていきたくないんだね。なんでも正次郎さん、捨吉のことを励ましていたそうじゃない」

「ええ、まあ」

「おれもね、捨吉には、軽業師としての素質があると思うんすよ。でも、頑固爺の松蔵さんは、軽業をやらせようとはしない」

「それについちゃあ、あっしも松蔵さんに勧めたことがあります。捨吉にやらせてみたらどうだって。ある日、日が暮れてから、あいつが軽業の稽古《けいこ》をしているところに出くわしましてね、なかなか、いい業を披露していました。それで、あっしもつい、兆次に負けない軽業師になれなどと、励ましていたしだいで。ところが、松蔵さんが頑として許さない。困ったもんですよ」

正次郎は苦笑した。

「代貸しが勧めても、松蔵さんはかたくなに、捨吉に軽業をやらせようとはしない……」

なぜだろうか。

松蔵の頑固さなのか。捨吉への偏見《へんけん》なのだろうか。

「捨吉の奴、きっと立派な軽業師になると思うけどな」

「あっしもそう思います」

正次郎が見たという捨吉の軽業は、松蔵には見せたことがないのだろうか。

そういえば、蕎麦屋での軽い身のこなし。剣玉をやりながらも、剣之介が落とした財布をいとも簡単に受け止めた。

松蔵なら、捨吉の素質がわかるはずだ。

いや、わかっているに違いない。

それでも、軽業を披露させようとはしない……。

八

その日の晩、剣之介は誓願堀の出入り口が見通せる、柳の木陰《こかげ》に身をひそめていた。

浅草寺《せんそうじ》の時の鐘《かね》が夜九つを告げると、ふたつの影が現れた。ふたりは周囲を見まわし、足音を忍ばせ、歩きはじめた。

「待った」

剣之介は、ふたりの前に立った。

夜空を覆った雲が切れ、十六夜《いざよい》の月が顔を出す。月光を浴び、ふたりの影がほの白く浮かびあがった。

松蔵と捨吉である。

「捨吉、いや、ましらの兆次、どこへ行くんだ」

剣之介が呼びかけた。

言葉を発しない捨吉に代わって、松蔵が進み出る。

「佐治さん、思い違いをなすっておられますね。こんな鈍い野郎が、兆次なもんですか」

「おっと、おれも言葉が過ぎたってもんすよ。正確に言い直すね。捨吉、おまえさん、ましらの兆次を気取っていやがる盗人だね」

剣之介は言葉に力をこめた。

「言いがかりはやめてくれ！」

松蔵も抗議の口調を強める。

「おっと、今度は言葉足らずだったかな。捨吉は盗みを働いたんだけど、正しく言うと、働かされたんだ……あんたにね」

松蔵を睨み、剣之介は糾弾《きゅうだん》した。

松蔵の目が尖る。

「あんたは、捨吉が軽業師として大成できると思っていた。このまま軽業師として稼がせるのもいいが、それよりも盗人をさせようとした。盗人のほうが儲かるからな。身につけた軽業を使って、捨吉をましらの兆次のように使った。一方で、捨吉をぼんくら扱いし、箸《はし》にも棒にもならねえどじ野郎に仕立てていたんだ。それでも、ましらの兆次探索の網《あみ》が広がり、これ以上、捨吉に盗みを続けさせては危《あや》ういと、誓願堀から夜逃げしようとしたんだろう」

あたかも、餓鬼大将が喧嘩の先頭を切るかのように、剣之介は眦《まなじり》を決した。

そこまで聞いた松蔵は、ふうっと小さく息を吐き、首を縦に振った。

「認めたね」

「はい」

「あんたさ、どうして捨吉に軽業をやらせてやらなかったんすか。蕎麦屋で捨吉が言っていたよね。いつか、兆次兄貴のような軽業師になるんだって。おれはね、あれは捨吉の本音《ほんね》だと思うっすよ」

「そりゃね、こいつは軽業はたいした力量だ。でもね、兆次と違って華がねえ。兆次には華があった。なにせ、役者顔負けの男前だったからな。娘が、きゃあきゃあと黄色い声をあげていたもんだ。でも、こいつときたら、見てのとおりのぶさいくだ。いくら業が切れたって、娘たちには評判にならねえ。見世物ってのはね、若い娘が来なきゃいけねえ。若い娘が来れば、男もやってくるんだ」

松蔵は滔々《とうとう》と持論を展開した。

横で捨吉はうなだれている。

「おれは、そうは思わないなあ。捨吉はいい顔している、お世辞じゃない。たしかに、娘にもてる顔じゃないけど、子どもや年寄りが喜ぶよ。捨吉には、ほのぼのとした温もりがあるんだ。こんな、ぬぼっとした男が見事な軽業を披露したら、みなが驚いて釘《くぎ》づけさ」

剣之介は、捨吉に向いた。

すると、捨吉は松に飛びついた。

そして、するすると幹《みき》をたどり、あっという間に枝に跨《また》がると、そのまま飛びあがって隣の松の枝に取りつく。

松の上で自在に動きまわる捨吉は、あたかもましらのごとしだ。

と、不意に松蔵が、胸に呑《の》んでいた匕首を手に突っこんできた。

剣之介は長ドスを抜き、下からすりあげた。

匕首が飛び、松の幹に突き刺さる。

松蔵は怯《ひる》むことなく、バク転をして逃げる。追いかけた途端、松蔵は剣之介に突進してきた。

剣之介は長ドスを地べたに差し、黒紋付を脱ぐと松蔵目がけて投げつけた。

真っ赤な裏地に包まれながら、松蔵は転倒した。

剣之介がかたわらに屈むと、むっくりと半身を起こした松蔵は、そのままあぐらをかいた。

「……情けねえ、歳には勝てねえや。佐治さん、あんた何者だい」

「おれはね、火盗改の同心なんだ」

気取りも威張りもせず、剣之介は答えた。

松蔵は、まじまじと剣之介を見てから、

「へえ、こいつは驚きだ。あんたが火盗改の同心とはね。ま、いいや。あんたみたいな同心にお縄になりゃ、思い残すことはねえ。佐治さん、今回の盗み、あっしがやったんだ。あっしがましらの兆次を騙《かた》り、盗みを働いた。捨吉は関係ねえ。だいいち、あんなどじ野郎に、兆次を真似た盗みなんぞできるもんか」

深々と首を垂れた。

剣之介は大きくうなずき、凛《りん》とした声を放った。

「……わかった。ましらの兆次を気取った盗人、軽業師・松蔵、観念しな」

松蔵は神妙な面持ちで立ちあがり、

「捨吉、好きなところへ行きな。おめえなら、どこへ行っても軽業で食っていける。おれが仕込んだんだ。間違いねえぜ」

と、声をかけた。

捨吉が地べたにおり、

「おいら、兆次兄貴のような軽業師になる」

「馬鹿、兆次なんか見習うな。おめえは、兆次よりすげえ軽業師になるんだ」

松蔵は、くるりと背中を向けた。

松蔵が捕縛され、二千両は回収された。

服部慶次郎と前野彦太郎は約束どおり、剣之介を馳走した。

上方《かみがた》の清酒《せいしゅ》と豪勢な料理を味わったが、もっとも満喫《まんきつ》したのは、本来なら奢られるいわれのない、お相伴にあずかった山辺左衛門だ。

秋の夜長、呑兵衛《のんべえ》の山辺は、

「このぶっとび野郎」

と、呂律《ろれつ》のまわらない舌で繰り返し、すっかり上機嫌であった。

剣之介は、捨吉が軽業を披露し、大勢の見物人を集めている様子を思い浮かべ、ひとりほくそ笑んだ。

第二話　吼えろ唐獅子

一

秋が深まった長月《ながつき》五日の昼下がり。

浅草、風神一家の代貸し・唐獅子《からじし》桜《ざくら》の正次郎は、縄張りである誓願堀を見まわっていた。

糊《のり》のきいた縞柄《しまがら》の着物に茶献上《ちゃけんじょう》の帯を締め、背筋をぴんと伸ばした所作は、やくざ者特有のやさぐれた様子とは無縁だ。それどころか、苦みばしった顔と相まって風格すら感じさせる。

あちらこちらから、「お世話になってます」と声がかかるのも当然で、

「どうだ、調子は」

「なにか困っていることはないか」

などと気取らずに、正次郎は挨拶《あいさつ》を返す。

かけられたほうも愛想よく、団子《だんご》や餅《もち》などを正次郎に渡した。正次郎は礼を言いながら受け取り、目についた喧嘩《けんか》沙汰《ざた》などには間に入って仲裁をした。

正次郎は気分よくまわり終えると、浅草花川戸町《はなかわどちょう》にある風神一家に戻った。

一軒家の木戸に入り、母屋《おもや》の格子戸《こうしど》を開ける。土間に並んだ子分たちが、

「お帰りなさい！」

張りつめた声を発し、いっせいに頭をさげた。正次郎がうなずき返すと、

「親分がお待ちですぜ」

弟分の弥吉が耳元で囁《ささや》いた。

顎《あご》を引くと正次郎は小上がりをあがり、居間へと向かった。

居間に至り、

「失礼しやす」

声をかけてから、正次郎は中に入った。

親分の権蔵《ごんぞう》が、長火鉢《ながひばち》の向こうで煙管《きせる》をくわえていた。鶴《つる》のように痩《や》せた身体をどてらに包み、髪に白いものが混じっているが、ぎょろりとした大きな目には力があり、還暦《かんれき》を迎えた老博徒《ばくと》の威厳を漂わせている。

正次郎は頭をさげ、長火鉢の前に座った。

権蔵は立ちあがり、顎をしゃくると、正次郎とともに、襖《ふすま》を隔《へだ》てた奥座敷に入った。

商人風の男が座っていて、慇懃《いんぎん》に頭をさげた。

「正次郎よ、この人はな、廻船《かいせん》問屋・富士屋《ふじや》の主人で、善右衛門《ぜんえもん》旦那《だんな》だ」

権蔵に紹介され、正次郎は軽く一礼し、富士屋善右衛門の前に座った。弥吉もやってきて、正次郎の横に座った。

権蔵がおもむろに、善右衛門を見た。

「富士屋さんがな、儲《もう》け話を持ってきてくれたんだ」

善右衛門は、慇懃に笑みを浮かべる。

「兄貴、たいした儲け話のようですよ」

弥吉の言葉には無言のまま、正次郎は善右衛門を見返す。

善右衛門は揉《も》み手をしながら、

「じつは、濡《ぬ》れ手に粟《あわ》の品がございましてね」

へへへ、と下卑《げび》た笑いを浮かべた。

弥吉も愛想笑いし、

「そりゃ、楽しみですね」

権蔵も、

「面白いな」

ただ正次郎のみは、

「富士屋さん、そりゃ、阿片《あへん》じゃございませんかね」

と、冷めた口調で言った。

善右衛門は笑みを深め、いっそう手を揉んだ。

「さすがは代貸し、よくぞお見通しで。手前、抜け荷でエゲレスの商人から、阿片が手に入るのでございます」

弥吉がおもねるように言う。

「富士屋さんはね、大量の阿片を、うちの一家にまわしてくださるそうなんですよ」

「風神一家さんには、なにかとお世話になっていますからね。ぜひにも、阿片でたんまり儲けていただきたいと存じます」

善右衛門は、にんまりとした。

「ありがてえじゃございませんか」

弥吉は手を打ちあわせ、権蔵は笑みをたたえている。

「いりませんよ」

と、正次郎は跳ねのけた。

「ええっ」

予想外の返答に、善右衛門は口をあんぐりとさせた。

「風神一家が阿片を扱うのはよくねえと、あっしゃ、考えますぜ」

そこで正次郎は権蔵に向き直った。

途端に、権蔵が難しい顔になる。

「で、でも兄貴、せっかくの話ですぜ」

「弥吉、阿片なんぞ扱わねえ」

「ですがね、儲かるんですよ」

「儲かるとか儲からないじゃねえんだ。阿片ってのはな、亡国《ぼうこく》の薬だ。かたぎの衆に迷惑がかかるぜ」

「だけどさ、その辺のところは、加減じゃねえのかな。なにも、阿片を蔓延《まんえん》させるまでしなくたって、そこそこに売りゃあいいんだ。たとえばさ、岡場所にだけ売る、岡場所じゃ、客を取ろうとしねえ女郎《じょろう》を阿片で言うことをきかせるってことで、使い勝手があるんだ。だからさ、岡場所にかぎって売りさばくってことで扱ったらいいんじゃねえかな」

弥吉は、善右衛門と権蔵の顔を交互に見た。

「弥吉の考えも一理があると思うがな」

おもむろに権蔵が言った。

善右衛門が宥《なだ》めるように提案した。

「代貸し、どうでしょうかね。初めは少しずつ、手前どもは儲けを度外視して、ご提供いたしますが」

「いけませんね。少しずつだろうがたくさんだろうが、阿片なんてのは加減ができねえ。だから、怖いんだ」

それでも諦《あきら》められない弥吉が食いさがる。

「おれたちの一家で、目配りをしていればいいんじゃねえかな」

「目配りしたって無理だ」

正次郎は、きっぱりと否定した。

なおも抗《あらが》おうとする弥吉に、

「てめえは引っこんでろ！」

一喝《いっかつ》した正次郎は、善右衛門に向き直り、

「富士屋さん、せっかくのお話ですがね。今回は聞かなかったことにしてください」

と、頭をさげた。

善右衛門は口をもごもごとさせ、権蔵を見たが、権蔵は腕を組んで両目をつむった。善右衛門は小さくため息を吐き、

「わかりました。今日のところは帰らせていただきます」

と、深々と頭をさげ、座敷から出ていった。

すかさず、弥吉が見送りに向かう。

ふたりきりになったところで、正次郎は権蔵を見つめた。

「親分、おれが勝手に断りましたが、これでよろしかったんでしょうか」

正次郎が問いかけると、

「もちろんだとも。おらあな、富士屋の旦那が、まさか阿片なんて話をするとは思ってなかったんだ、おめえ、よくぞ断ってくれたな」

権蔵は二度、三度、首を縦に振った。

「なら、よかったです。子分の分際で、差し出がましい口をきいてしまったんじ

やねえかって思いましたんでね」

「いや、おれのほうから礼を言うぜ」

「とんでもねえですよ」

正次郎は、ほっと胸を撫《な》でおろした。

風神一家から帰ろうとすると、

「兄貴、ちょいと一杯、付き合ってくんねえ」

弥吉から誘いを受けた。さきほど阿片をめぐって、意見が対立したばかりである。後腐《あとくさ》れを残さないようにと、

「ああ、かまわねえぜ」

正次郎は応じた。

弥吉の案内で、風雷神門前、蔵前通りにある浅草並木町《なみきちょう》の小料理屋へと入った。

「お紋《もん》、奥を借りるぜ」

弥吉は女将《おかみ》に断りを入れて、奥座敷へと向かった。その途中、酒だけ届けてあとは呼ぶまで来るな、と弥吉は告げた。

「兄貴、口ごたえをしてすまなかった」

まずは弥吉は頭をさげた。

「詫《わ》びられるようなことじゃねえ。おまえはおまえの考えを言っただけだ」

なにも気にしてないとばかりに、正次郎は弥吉の謝罪を受け入れた。

酒が届いてから、しばらく世間話を交わしたあと、

「ところで閻魔一家の奴ら、相当に、うちのシマを荒らしていますぜ」

弥吉は話題を変えた。

「わかっているさ」

「このまま放っておいていいんですか」

弥吉は責めるような口調になった。

「おめえ……だから、富士屋から阿片を手に入れようとしたわけか」

「それは……」

弥吉は口を閉ざした。

「腹を割ってくんな」

再度、正次郎が問いを重ねると、

「このままじゃ、閻魔一家にシマは乗っ取られちまう」

「だからって、阿片に手を出していいわけがねえだろう」

「でもよ、おれたちが扱わなかったら、富士屋は閻魔一家に話を持っていくぜ」

弥吉は憤慨《ふんがい》した。

「阿片なんか扱って、かたぎの衆に迷惑をかけちゃいけねえんだ」

「兄貴の考えは古いぜ。いまどきよ、おれたちやくざ者がさ、かたぎに迷惑をかけねえなんてことを言ってたら、シマは守っていけねえんだ」

「シマを守るってことは、かたぎに迷惑をかけないってことだ」

一歩も譲《ゆず》らない正次郎を前に、弥吉は横を向いた。

「弥吉、わかってくれ。阿片を扱って儲けたんじゃや、風神一家の暖簾《のれん》を汚《けが》すことになるってもんだ」

弥吉は正次郎に向き直り、にやっと笑って言った。

「だがな兄貴、今回のこと、親分だって承知しているんだぜ」

「親分が……」

正次郎は口を半開きにした。

「そうさ」

弥吉はうなずく。

二

開き直った弥吉は、むっとした表情を隠さず、

「親分はさ、閻魔一家がのさばり、苦々しい思いをしていなさるんですよ。その親分の悔しい思いを、子分として見過ごしにはできませんや」

「だからといって、阿片に手を出すことはねえ。何遍《なんべん》も言うがな、かたぎの衆に迷惑がかかるんだよ」

「阿片は駄目だって念仏をいつまでも唱えていたら、そのうちやられるぜ。富士屋はな、うちの一家が扱わなかったら、閻魔一家に話を持ってゆくよ。それでもいいのかよ」

いきりたった弥吉を落ち着かせるように、正次郎はひと呼吸置いた。

「……なあ、弥吉。おれたちはな、世の中の裏街道を行くやくざ者だ。まともにお天道《てんと》さまを拝むこともできねえ、身の上だ。だが、そんなおれたちだってな、任俠《にんきょう》の道を踏み外すようなことをしちゃあならねえ」

「兄貴は事あるごとに、任俠道を声高《こわだか》に言いたてるけどさ。しょせん、おれたち

はやくざだよ。やくざってのはさ、人の屑《くず》なんだ。屑がさ、行儀よく働くもんじゃねえよ。兄貴みたいに格好をつけてたら、閻魔一家に潰《つぶ》されちまう。一家がなくなってもいいのかよ」

吐きだすように言って、弥吉は顔を歪《ゆが》めた。

「閻魔一家に、誓願堀は荒らさせねえ。阿片は絶対に扱わねえ。少なくともおれの目が黒いうちは、シマに阿片は流させねえ」

正次郎は席を立った。

弥吉はそれを苦々しい顔で見送った。

正次郎の姿が消えると、するすると襖が開いた。

現れたのは、富士屋善右衛門である。

むくれたように、弥吉はあぐらを組んで酒を飲んでいた。

「うまくいきませんな」

善右衛門は苦笑した。

「まったく、兄貴は頭が古くていけねえよ」

弥吉が吐き捨てる。

「代貸しは、筋を通すお方ですな」

善右衛門が皮肉《ひにく》げに唇を曲げると、弥吉が困ったもんだとつぶやいた。

「そんなことじゃ、閻魔一家にやられちまうよ」

「しかたありません。こちらも商《あきな》いですからな」

善右衛門は小さくため息をついた。

「阿片は、閻魔一家に持ってゆくのかい」

「そんなことしたくありませんよ。でもね、すでにうちは、大量の阿片を買いつけているんですよ、弥吉さん」

恨めしそうに、善右衛門は弥吉を見た。

弥吉は渋面《じゆうめん》を作って、

「わかってるよ。おれだってな、親分が扱っていいっておっしゃったからさ、あんたに買いつけを頼んだんじゃねえか」

「手前としても、阿片を捨てるわけにはいきませんから、買い手を探すしかありません。閻魔一家さんに持ってゆくのは、商いの常道ですな」

「そりゃあ、勘弁だぜ」

「じゃあ、引き取ってくださいな……そんなことできませんよね。風神一家は、唐獅子桜の正次郎でもっ、という評判でございますから」

「だから、兄貴を説得するさ」

「説得に応じるお方だとは思えませんがね」

「まあな、兄貴はな……こうと決めたら、てこでも動かねえや」

弥吉は腕を組んだ。

善右衛門は上目遣《うわめづか》いになって、

「もし、代貸しがいなくなったら……」

と、声をひそめた。

善右衛門の言葉に、弥吉はぴくんとなった。

「富士屋さん、滅多なことを言うもんじゃねえよ」

それでも、善右衛門は弥吉ににじり寄った。

「弥吉さん、ここは勝負時じゃないんですか」

「なんでえ、藪《やぶ》から棒によ」

目を逸《そ》らした弥吉を追いつめるかのように、善右衛門は目元を引きしめた。

「親分は還暦だ。そろそろ跡目の話が出ているんじゃありませんか」

「知らねえ」

「このままですと、代貸しがお継ぎになるんですよね。そうなったら、風神一家は、代貸しが掲げられる任侠道ひと筋の一家になるでしょう。弥吉さんは、不自由な思いをなさるんじゃありませんかね」

「おいおい、あんた、おれのけつを搔《か》こうっていうのかよ」

途端に、弥吉は色めきたった。

「あたしはね、商いに命を張っているんですよ。それなのに、男を売る弥吉さんが、そんなおよび腰でいいんですか」

善右衛門の目が濁った。

弥吉は、ぐっと咽喉《のど》を詰まらせる。

「そりゃ、おれだって男だ。いざとなったら、命を賭《か》けるよ。腹もくくるぜ。でもな、兄貴には義理があるんだ。いくらやくざだって……いや、やくざだからこそ、義理を欠いちゃならねえんだ」

「義理人情に縛られるのですか。それじゃあ、大きくなれませんよ。そう思いませんか。ねえ、弥吉さん」

なおも善右衛門は囁く。

「……あんた、悪党だな。やくざよりも、ずっと悪党だぜ」

弥吉は舌打ちした。

「では、失礼します」

冷笑を浮かべ腰を浮かしかけた善右衛門は、ふと弥吉を向いて、

「どうぞ、とっといてください」

紫《むらさき》の袱紗《ふくさ》を置いた。次いで、袱紗を広げる。二十五両の紙包みが四つあった。

「いけねえよ」

弥吉は袱紗を閉じて、善右衛門に返そうとした。

「かまわないですから」

善右衛門は袱紗を弥吉に押しつけ、そそくさと出ていった。

「おい……」

弥吉は百両を手に、しばしたたずんでいたが、

「たしかに勝負時かもしれねえな」

心のうちで、どす黒い野望を掻きたてていた。

小料理屋の表に出た正次郎は、ぶるっと身体を震わせた。

夕暮れ近く、吹き抜ける木枯《こが》らしが、いっそう身に沁《し》みる。

嫌な気分になったままとあって、飲み直しだと思い、どこにしようかとあたりを見まわした。

ここらは風神一家の縄張りであり、どこの店も正次郎に気を遣い、かえって正次郎のほうも気遣ってしまう。

肩を張らず飲もうと、両国《りょうごく》に足を伸ばすことにした。


両国西広小路に至ると、目についた蕎麦屋《そばや》に入った。

暮れなずむ店内は八間行灯《はちけんあんどん》に灯《あか》りが灯され、薄ぼんやりとした光景に蕎麦を啜《すす》る音が重なり、ほんわかとした温みが漂っていた。

弥吉との言い争いで波立った気持ちが、たいらになってゆく。

入れこみの座敷にあがり、盛蕎麦と焼き味噌《みそ》を頼んだ。

座敷の隅《すみ》に座り、手酌《てじゃく》で酒を飲みはじめた。焼き味噌を舐《な》め、酒を飲む。もやもやとした気分が、すうっと晴れてゆく。

酒に頼るとは我ながら情けないとは思ったが、やはり、酒はいい。

すると、

「許せよ！」

怒鳴り声が響いたと思うと暖簾が揺れ、浪人がふたり飛びこんできた。刀を振りまわして暴れたため、客や女中が悲鳴をあげる。

「金を出せ」

ひとりが主人に向かって怒鳴りつけた。主人は愕然《がくぜん》として棒立ちになったまま、口を開くこともできない。

正次郎はすっくと立ちあがり、

「浪人さん、金なら多少はお払いしますんで、どうか刀をおさめてお帰りになってください」

浪人は正次郎を睨《にら》みつけた。

「いくらあるんだ」

「五両と二分、あとは小銭が五十文ばかりですがね」

財布を取りだし、正次郎は答えた。

「よし、寄越せ。財布ごとだ」

浪人は右手を伸ばした。

座敷をおりた正次郎は、土間に立った。店内が静まり帰る。

すると、

「おいおい、ふざけてちゃ駄目っすよ」

甲高《かんだか》い声が轟《とどろ》き、ひとりの男が入ってきた。

火付盗賊改方・佐治剣之介は蕎麦屋の暖簾をくぐると、右手に十手《じって》を持ち、肩をぽんぽんと叩《たた》きながら浪人に近づく。

「来るな！」

ふたりの浪人が怒鳴った。

「あんたたちを捕縛《ほばく》するんすよ。そっちに行かないわけにはいかないっしょ」

涼しい顔で言い放ち、剣之介は近づいていく。すかさず、ひとりの浪人が、かたわらにいた女中の手を引っ張り、引き寄せた。

女中の悲鳴が店内を震わせる。

はっ、と正次郎は女中の身を危《あや》ぶんだが、剣之介はおかまいなく浪人の前に立った。

「てめえ、この娘がどうなってもいいのか」

目を血走らせた浪人が、刀の切っ先を娘の咽喉笛に突きつける。

「どうなってもいいわけないでしょう」

小馬鹿にしたように剣之介は鼻を鳴らすと、十手を振りかざした。

「やめろ！　ほんとに殺すぞ」

肩を怒らせ、浪人は怒鳴る。

「あんた……人を殺したらね、死罪は間違いないよ。そっちこそ、やめたほうがいい」

剣之介はからかうように忠告した。

「ふざけるな」

浪人は刀の柄《つか》に力をこめた。しかし、焦《あせ》りからか、汗だくとなっているため手が滑り、力が入らない。

「ふざけていませんよ〜だ」

左手であっかんべえをするや、剣之介は十手を横に払った。

十手は娘を人質に取っている浪人ではなく、もうひとりの頰《ほお》を打った。頰骨が砕ける音がし、浪人はうずくまった。

てっきり十手はもうひとりを狙《ねら》っているとばかり思い、無防備なところを痛撃され、浪人は成す術《すべ》もなかった。

相棒がやられ、もうひとりは浮き足だった。

腰掛代わりの酒樽《さかだる》に足を乗せて、剣之介が飛びあがる。土間におりたつと同時に、浪人の脳天を十手で打った。

呻《うめ》き声とともに、浪人は膝《ひざ》からくず折れた。

女中が浪人から離れる。

「さあ、行くよ」

十手を腰に差し、剣之介はふたりの襟首《えりくび》をつかみ、引きあげた。ふたりの浪人たちはすっかり剣之介に呑《の》まれ、言われるままについていった。

残された客たちは、唖然《あぜん》として見送った。

ようやくのこと、店は落ち着きを取り戻した。

正次郎も仕切り直しだとばかりに、飲み食いに戻った。ふと、さきほどの同心をどこかで見た気がした。

平穏が戻り、興奮冷めやらない店内で、客たちが目の前で起きた騒動について語りはじめた。

「妙な同心だったな」

「でも、めちゃくちゃ強かったぞ」

客たちが、剣之介の噂《うわさ》をしあった。

　すると、

「ああ、腹減った」

　当の剣之介が戻ってきた。女中と主人が剣之介にぺこぺこと頭をさげ、礼を言った。

「礼なんかいらないよ。役目を果たしただけだからさ。それより、腹ぺこだから早いとこ、蕎麦を作っておくれな」

　剣之介は座敷にあがった。

　ふたりの浪人は、近所の自身番に預けたそうだ。正次郎はこの妙な同心に興味を覚え、じっと見ていた。

「蕎麦を十枚ね」

　剣之介は注文してからも、腹が減ったと繰り返し、腹をさすった。

　ほどなくして、十枚の蒸籠《せいろ》が届く。剣之介の前に山と積まれ、女中が五枚ずつふたつに分ける。

「さあて」

　剣之介は舌で唇を舐めた。

　やおら、すごい勢いで蕎麦を手繰《たぐ》る。一心不乱に蕎麦を手繰る姿は、まるで

勢いは衰《おとろ》えることなく、剣之介は十枚をぺろっとたいらげた。

餓鬼《がき》である。

「勘定、置くよ」

剣之介が声をかけると、

「お代は結構でございます」

満面の笑みで、主人が言った。

「そう、悪いね。じゃあさ、あと五枚頂戴《ちょうだい》よ」

遠慮するどころか、剣之介はしれっと追加を頼んだ。主人は一瞬、言葉を飲みこんだが、剣之介の邪気《じゃき》のない様子に苦笑を浮かべ、

「わかりました」

と、奥に引っこんだ。

なんともおかしな気分になり、正次郎はくすりと笑った。

剣之介は爪楊枝《つまようじ》で、歯を掃除しはじめた。

やがて、追加の五枚の蒸籠が届くと、またしても剣之介はすごい勢いで蕎麦を手繰っていたが、残り二枚となって、その勢いが急激に衰えた。

「あ〜あ、腹がいっぱいになっちゃったよ」

腹をさすりながら、剣之介はつぶやいた。

次いで、周囲を見まわす。

正次郎と目が合った。

「あんたさ、蕎麦二枚、食べない」

剣之介は言った。

「あ、いや、こっちも腹が膨れて……」

正次郎が遠慮したにもかかわらず、

「気にしなくていいよ。どうせ、店の奢《おご》りなんだからさ。あっ、あんた風神一家の代貸しだね。たしか名前は……」

「正次郎っていいやす」

正次郎は軽く頭をさげた。

「そうだ、正次郎さん、唐獅子桜の正次郎さんだったね。おれ、佐治剣之介、ほんとは火盗改の同心なんだ。ましらのときは、誓願堀を騒がせてしまってすまなかったね。ま、それはいいや。とにかく食べてよ」

剣之介は二枚の蒸籠を正次郎の前に置き、さっさと店から出ていった。

あっけにとられた正次郎であったが、剣之介が置いていった二枚の蒸籠を見ているうちに、笑みがこみあげてきた。
「妙な火盗改だな」
やはりあの男、浪人などではなく火盗改の人間であった。しかも、手先でなく同心だ。
正次郎にしてみれば騙《だま》されたわけだが、不思議なことに腹は立たない。
それどころか、また会いたくなった。
しかたなしに、蒸籠に箸《はし》を伸ばし、なんとかたいらげたあと蕎麦屋を出た。
気づくと、すっかり夜の帳《とばり》がおりている。
夜風が湿っていた。雨になるかもしれないと、道を急いだ。

正次郎が自宅へ戻った途端に、雨が降りだした。
浅草並木町の裏通りにある、三軒長屋の真ん中である。
格子戸を開け中に入ると、行灯が灯され、娘がひとり待っていた。
見知らぬ娘で、つい身構える。
歳のころ、十七、八、抜けるような白い肌、瓜実顔《うりざねがお》の美人だ。
上品な小袖《こそで》に身を包み、武家風に髪を結っていた。娘は両目を見開いて、正次郎をまじまじと見つめてきた。

「どなたで……」

問いかけてから、正次郎の脳裏に懐《なつ》かしい情景がよみがえってきた。

陽光降りそそぐ庭を、少年の正次郎が小さな女の子と走りまわっている――。

「瀬良《せら》……瀬良か」

正次郎はつぶやいた。

「兄上、しばらくですね」

瀬良は微笑《ほほえ》んだ。

「おまえ、すっかり大きくなって……」

感慨深げに、正次郎は瀬良を見返した。

「兄上もですね」

「何年ぶりだ。そう、もう十年になるか。すると、おまえは十八か」

娘盛りを迎えた妹を、正次郎は眩《まぶ》しげに見直す。

「そうですね。兄上、まことお懐かしゅうございます」

「兄上はよしてくれ。おれは長山家《ながやまけ》とは無関係だ」

正次郎は部屋にあがった。

「それでもわたくしにとっては、兄上です」

「そんなことを言うと、父上や兄上から叱《しか》られるぞ。それに、ここにやってきたなんて知られたら、ただではすむまい。おれがやくざに身を落としていること、父上や兄上もご存じのはずだ」

自嘲《じちよう》気味な笑みを漏《も》らした。

瀬良は、あらたまった様子で告げた。

「母上が重い病《やまい》を患《わずら》っています」

「……そうなのか」

「もう長くはないと、お医者さまは診たてています。兄上、見舞いにいらしてください」

両手を揃《そろ》え、瀬良は頼んだ。

「それはできない。おれは勘当された身だ。二度と長山家の敷居はまたげないのだ」

「ですが、母上は毎日うわごとのように、兄上の名を口にしているんですよ」

「父上や兄上が承知されまい」

そこで瀬良は表情を引きしめた。

「父上と兄上の目を盗んで、お見舞いいただけませんか」

「できないな」

正次郎は首を左右に振った。

「お願いします。ひと目だけでも、母上に会ってください。母上にお顔を見せてください」

「母上とて、いまのおれを見たら……やくざ者に身を落としたおれを見たら、気を落とされるだけだ。ますます、病が重くなる」

正次郎は唇を嚙《か》んだ。

「このままでは、母上は浄土《じょうど》へと旅立つことができません。どうか、お願いでございます」

とうとう瀬良は、額を畳にこすりつけた。

哀願する瀬良に、もはや幼さはない。武家の娘の気品が感じられた。

それでも、幼きころの思い出が脳裏によみがえる。

妹と遊んでいるときに、父が大事にしていた盆栽《ぼんさい》を壊してしまった。

日頃から悪戯《いたずら》を繰り返していた正次郎だけに、父の叱責《しっせき》は厳しかった。土蔵《どぞう》に閉じこめられ、晩飯は抜きだった。

空腹にあえいでいると、瀬良が握り飯を届けてくれた。父に内緒で、母が作ってくれたのだった。

秀才の兄にくらべられると、反発心からなおさら不行状を重ねた。

ついには、賭場《とば》に出入りしていることが発覚し、勘当を申しわたされた。

兄・誠太郎《せいたろう》の書院番《しょいんばん》への取り立てが内定し、これ以上、弟の不良行為が続けば、誠太郎の出世に響くと判断されたのだ。

母は必死でとりなしてくれた。

父に、正次郎を二度と盛り場には出入りさせません、と涙ながらに嘆願《たんがん》した。

そんな母を横目に、正次郎は、

──勘当してくれてありがとうございます。

と捨て台詞《ぜりふ》を吐いて、家を飛びだしたのだ。

正次郎を引き止める母の叫《さけ》びが、耳朶《じだ》深くに刻みこまれた。

「できぬ！」

正次郎は思い出を振り払うように、声を大きくして断った。

ふたたび瀬良は頼もうとしたが、無駄と悟ったか口を閉ざし、表情を落ち着けた。諦めたというよりは、今日のところは引きさがるつもりのようだ。

ふと、瀬良が話題を転じた。

「それにしても、兄上がお元気そうでなによりです」

妹の真情を感じ、正次郎も表情をやわらげた。

「父上や兄上はお元気か」

「父上は昨年に隠居されました。いまは、和歌《わか》を詠《よ》むのが趣味のご様子で、お仲間たちと一緒に、連歌の会を催《もよお》しておられます。兄上は今年の春に、書院番組頭《くみがしら》になられました」

優秀な兄であったゆえ、順調に出世をしているようだ。

「おれはこのとおり、渡世人《とせいにん》稼業がすっかり板についてしまったよ。武士の作法も、とっくに忘れてしまっているさ」

「でも、わたくしには、少しも変わらない兄上にしか見えませんわ」

「それは、おまえの前だからだ。やくざ者と一緒にいれば、おれもほかのやくざと変わらぬ」

「風神一家ですか」

「そうだ。まさかおまえ、一家に行ったのか」

「お訪ねしました。兄上のお宅を知らなければなりませんからね。一家の方に、ここを聞いたのですよ」

「二度と来てはならん」

厳しい口調で、正次郎は言った。

「風神一家にはまいりません。でも、兄上が母上のお見舞いにきてくださるまでは、この家には何度でも足を運びます」

強い決意を示すように、瀬良の眉間《みけん》に皺《しわ》が刻まれた。

「馬鹿、ここへも二度と来るな！」

なおも厳しい声で告げる正次郎に、

「いいえ、まいります」

瀬良は決然と言い置いて、家を出ていった。

「ふん、生意気な」

そう漏らしつつ、正次郎は思わず笑みを浮かべた。

瓦《かわら》を打つ雨音が、静寂《せいじゃく》と寂寥感《せきりょうかん》を深めていた。


数日後、正次郎が風神一家に詰めていると、

「お願いです」

ひとりの男が駆けこんできた。奥山《おくやま》で床見世《とこみせ》を営《いとな》んでいる男だ。

「閻魔一家が、みかじめ料を取りにきたんですよ」

「よし、わかった」

男の訴えを聞くや、正次郎は子分をふたり連れて、風神一家を飛びだした。

奥山にやってくると、閻魔一家の若い衆が数人、床見世や大道芸人相手に、ショバ代を要求していた。殴りつけられ、足蹴《あしげ》にされている者もいて、どうやら支払いを拒《こば》んだためらしい。

「やめねえか」

正次郎は彼らに声をかける。

どすのきいた野太い声に、閻魔一家のごろつきどもは、びくっとなって暴行の手を止めた。

「なんでえ、風神一家の代貸しか」

そのなかで、ひときわあくの強そうな男が声をあげた。閻魔一家を仕切る、親分の寅吉であった。

「閻魔の親分さん、行儀が悪いですぜ」

穏やかに、正次郎は語りかけた。

「そっちだって、ショバ代を取っているじゃねえか」

臆せず寅吉は返した。

「ここは、風神一家がお世話をしていますんでね」

決して荒らげることなく落ち着いた口調で、正次郎は告げた。

三

「おう、そんなことは百も承知だ。でもな、それって誰が決めたんだ」

寅吉は腕まくりをした。野太い腕に、蛇《へび》の彫り物が施《ほどこ》されている。蛇は鎌首《かまくび》を持ちあげ、真っ赤な舌を出して威圧していた。

「閻魔さん、言いがかりはいけませんよ」

「閻魔一家か風神一家、どっちに守ってもらいたいか、みなに選ばせりゃいいじゃねえか」

寅吉は大声を出し、周囲を見まわした。

「そいつは、かたぎの衆に迷惑がかかるってもんですぜ」

「ともかくだ、実力だよ。実力の世の中なんだ。誓願堀の連中だってよ、力がある一家に守ってもらいてえだろうよ。言っておくがな、風神一家は落ち目だ。落ち目の一家なんかに、ショバ代を払いたくはねえだろうよ」

今日のところはこれくらいで勘弁してやる、と言い放ち、寅吉は子分を引き連れて立ち去った。


正次郎が一家に戻ると、さっそく権蔵に呼ばれた。

「閻魔一家が誓願堀を荒らしているそうだな」

顔を歪めた権蔵に、正次郎は頭をさげた。

「申しわけござんせん」

「いや、おめえが謝ることじゃねえが……このところ、閻魔一家は妙に強気じゃねえか」

権蔵の言葉を受け、弥吉が言葉を添えた。

「閻魔一家のやり口は強引ですぜ。子分の数も増やしていやがる。だからこそ、ここらで、がつんとやってやらねえといけませんよ」

「どうしようっていうんだ」

権蔵は言葉を荒らげた。

「殴りこみをかけましょうぜ」

弥吉の主張に、

「いけねえよ」

権蔵が答える前に、正次郎が制した。

「兄貴……」

困ったような顔をする弥吉だったが、親分の権蔵は黙りこんでいる。

「でもこのままじゃ、閻魔一家は図に乗って、うちのシマを荒しまくりますぜ。うちから、閻魔一家に鞍替《くらが》えする連中も出てきましょう。だから、いまのうちに閻魔一家を叩き潰さねえといけませんや」

断固とした弥吉の主張を受け、権蔵は首を縦に振った。

「代貸し、どうなんだ。おらあ、弥吉の言っていることに分があると思うがな」

「親分、いまは我慢のときですよ。相手の挑発に乗ったら、思う壺《つぼ》です」

正次郎は慎重な姿勢を示した。

「兄貴はいつもそうだ。おれの言うことやることに、反対ばっかりだ。おれ、兄貴の気に障《さわ》ること、なにかやらかしましたかい」

弥吉は不貞腐《ふてくさ》れたように口を尖《とが》らせた。

「おまえが憎くて反対しているわけじゃない。かたぎの衆に迷惑をかけたらいけねえって言っているんだよ。閻魔一家の挑発に乗って、殴りこみをかけてみろ、双方に大勢の死人、怪我人が出る。閻魔一家のことだ、風神一家の者だけじゃなく、誓願堀のかたぎの衆まで巻きこむぜ」

「かたぎの衆だって、強い者に味方するんじゃござんせんかね」

吐き捨てるように言い残して、弥吉は席を立った。

「困った奴だ」

弥吉の後ろ姿を見つめつつ、正次郎は首を左右に振った。

「正次郎よ、いまも言ったところだが、弥吉の言い分も一理あるぜ。おれたちはな、やくざだ。やくざってもんは、しょせんは力だぜ。舐められたら、おしめえだ」

権蔵は眉根を寄せた。

口答えはせず、正次郎は頭をさげた。

小さくうなずいた権蔵の声音《こわね》が、少しやわらいだ。

「おれも、近頃じゃ身体が言うことをきかねえ、そろそろ隠居だ」

「親分、気の弱いことをおっしゃらねえでください」

「いや、跡目のことは考えなきゃならねえよ。まかり間違っても、誓願堀を閻魔の奴らに渡すようなことがあっちゃあならねえ」

権蔵の言葉に、正次郎は黙りこんだ。

正次郎の気持ちをほぐそうとしてか、権蔵は話題を変えた。

「それはそうと、おめえの妹だっていう若い娘が訪ねてきたぜ」

「ご迷惑をおかけしました」

「迷惑じゃねえよ。ま、おめえは武家の出だ。妹がおめえを訪ねたってのは、ひょっとして家督ってやつが絡んでいるんじゃねえのかい」

「あっしゃ、勘当された身ですぜ。いまさら、戻る家なんかありゃしませんや」

正次郎は失笑を漏らした。

「そうだったな、おれの賭場で暴れていたおめえと出会ってから、かれこれ十年にもなるか」

権蔵は懐かしそうに、遠くを見る目をした。

「いかさまだって騒ぎましたね。かたぎの衆が、なけなしの銭をいかさまですられているのを、どうにも見過ごせなかった。ま、そればっかりじゃなくて、勘当されたばかりとあって、気が荒れていたからなんですがね」

正次郎は頭を掻いた。

「まったく、おめえは手がつけられない暴れ者だったよ。だが、大勢の子分たちから刃を向けられても平然としていたおめえに、おれは惚《ほ》れた。あんときも、かたぎの衆に迷惑をかけるな、かたぎの衆から汚《きたな》い真似で銭を巻きあげるなって、すごい剣幕でまくしたてていたな」

「それが縁で、親分に拾ってもらった。感謝しきれませんや」

「ま、そのことはいいじゃねえか。おれだって、おまえにはずいぶんと助けられた。三年前に代貸しを任せてからは、風神一家は唐獅子桜の正次郎でもつって、もっぱらの評判だ。おらあ、嬉《うれ》しいぜ。おめえが一家を背負ってくれるんなら、いつでも隠居ができる。閻魔のことも含めて、おれもおめえも正念場だな」

権蔵はしみじみと目を細めた。

一方の弥吉は、気心の知れた弟分たちを連れて、酒を飲んでいた。

「兄貴は古いんだよ」

さきほどから弥吉は、愚痴《ぐち》を並べている。弟分たちはそれを神妙に聞いていた。

「このままじゃ、閻魔一家に誓願堀は根こそぎ持っていかれちまうぜ。それでもいいのかよ！」

弥吉は、弟分たちにやつあたりをしていた。

数日後、剣之介が誓願堀をぶらついていると、なにやらふらふらした女が、うろうろと歩いていた。目が常軌《じょうき》を逸《いっ》しているようである

「阿片でもやってやがるか」

見当をつけた剣之介が女に近づくと、男がふたり飛びだしてきて、女を引っ張っていこうとした。

「おい、待てよ」

剣之介は呼び止める。

男のひとりが睨み返してきたが、剣之介が羽織《はおり》をちらっとまくり腰の十手を見せると、相好《そうごう》を崩し、媚《こ》びるような顔になった。

「へへへ、旦那、なんでもありませんよ」

次いで、財布から一分を取り、剣之介に差しだした。剣之介はいらないと断ってから、

「なんでもなくはないよな。そんなふらついてさ」

「ちょいと、病を患っただけなんですよ」

女はおそらく女郎なのだろう。男たちは女を連れ帰ろうとした。

「待てって」

剣之介は男たちの前に出た。

「旦那、勘弁してくださいよ」

「勘弁できるわけないよ。この女に阿片を使ったんだろう。とぼけなくたっていいさ。どこから買ったんだよ」

剣之介は問いつめた。

「そりゃ……」

男は口ごもる。

「いいから白状しろよ。ここは、風神一家のシマだよね。ということは、風神一家から買ったのかい」

「いや、それは……」

「わかった。風神一家を訪ねる。言っておくけど、今後、阿片を使ったら、許さないよ。潰すからね」

睨んでから立ち去った。


「いや、親分は留守ですよ」

風神一家の居間にいた正次郎の耳に、子分の声が聞こえてきた。

なにやら、玄関が騒がしい。

声音の様子からして、ただ事ではない。

正次郎は立ちあがり、玄関に向かった。

玄関の土間には、なんと火盗改同心の剣之介が立っていた。

「おお、代貸し、親分を出してよ」

剣之介は正次郎を見とめると、上がり框《かまち》に腰かけた。

「あいにくと親分は留守です。御用向きなら、代貸しのあっしが承ります」

「あ、そう。なら、あんたでいいや」

剣之介が返したところで、

「まあ、おあがりになってください」

正次郎は、剣之介を玄関にあげた。

「なら、あがるか。言っておくけど、もてなしはいらないっすからね。酒も茶もいらない。もちろん、心づけなんかも必要なし。ほんと、よけいなことはしなくていいっすから」

剣之介は鼻歌をうたいながら、奥へと向かった。

つくづく変わった男だと、正次郎は思った。

「掃除が行き届いているね。気持ちがいいよ。しっかりした一家だ」

そんな正次郎の思いなど、剣之介はどこ吹く風だ。

居間に入ったところで、正次郎は背筋を伸ばして向かいあった。

御用の向きは、と正次郎が問いかける前に、

「阿片はやめな」

いきなり、剣之介は言った。

「阿片……」

正次郎は言葉を詰まらせた。

「さっき、誓願堀を冷やかしていたらさ、女郎屋で阿片が使われていたよ」

「ええっ」

驚いたものの、いつかこういう日が来るに違いない、と心のどこかで思っていた。正次郎は唇を嚙みしめた。

その様子を見た剣之介が、ふうん、とつぶやいて、

「あんた、知らなかったの」

「ええ、あ、いや、言いわけめいて申しわけござんせん。知りませんでした」

恥ずかしくて真っ赤になった。

「あんたさ、代貸しなんでしょう。風神一家はさ、唐獅子桜の正次郎でもつって、評判らしいじゃないの」

「いや、それは買いかぶりってもんで」

「買いかぶりだろうがさ、自分のシマで阿片が売買されているっていうのに、あんた代貸しなんだろ、見過ごすつもりなのかい」

「面目《めんぼく》ねえこって」

「風神一家は阿片を扱っていないってことなの」

「あっしは許した覚えはありません」

「じゃあ、シマを荒らされているってことになるね。閻魔一家っていうのが、落ち目の風神一家のシマを、好き放題に荒らしまわっているんじゃないの。そういう噂を耳にしたっすよ」

無遠慮な言葉だが、剣之介の口から聞くと不快感がしない。

この風変わりな火盗改の同心に好感を抱いたというよりは、剣之介の表裏のない、まるで餓鬼大将のようなおおらかさのせいかもしれない。

「閻魔一家が阿片を持ちこんでいるかどうか、調べてみねえとわかりませんが、誓願堀のかたぎの衆には指一本触れさせねえよう、目を光らせます」

正次郎は強い口調で言った。

「くどいようだけどさ、阿片が流れているってことは、シマを管理する箍《たが》がゆるんでいるってことでしょう」

「返す言葉もありませんや」

正次郎の額からは汗が滲《にじ》んだ。

「ま、いいけどさ。自分のお膝元、ちゃんと見たほうがいいよ」

剣之介は立ちあがった。

四

風神一家を出ると、剣之介は茶店に入った。

そこには、山辺左衛門が待っていた。

「山辺のおっさん、待ったかい」

すでに山辺は、茶と草団子を食べている。

「ああ、まあな」

団子で口をもごもごとさせて、山辺は言った。

「おっさん、甘い物も好きなんだな。酒も大好きだし、ほんと、幸せだね」

剣之介のからかいの言葉に、山辺はむっとした表情を見せ、不満を示した。

「そんなことより、どうなっておるんだ。おまえの企ては、危なっかしくていけないぞ。だいたい、我らは火付盗賊改なんだ。阿片の抜け荷や、やくざの取り締まりなんぞ、お役目以外のことではないか」

「阿片は亡国の薬、徹底してやれって、長谷川さんも認めてくれたんだよ。おっさんだってさ、やりますって張りきったじゃない」

剣之介の言葉に、山辺は顔を赤らめた。

「それはそうだが……しかしな、やくざの一家を潰すなど、やはりやりすぎだろう」

「そんなことないって、まあ見てなよ。面白いことになるからさ」

剣之介は手をこすりあわせた。

「閻魔一家と風神一家を噛みあわせるなんぞ、危なっかしくてしかたがない。やくざを舐めていると、泣きを見るどころか、命も危ういぞ」

「やくざ同士、殺しあってくれればさ、こんなにありがたいことはないっしょ。いま、風神一家と閻魔一家は、誓願堀の縄張りをめぐって争いが起きている。そこに、おあつらえ向きの阿片っていう餌《えさ》が投じられたんだ。だからさ、その餌をうまく使ってやるんすよ。阿片という餌を噛みあわせる」

剣之介はにやっとした。

するとと、山辺が意外なことを言いきった。

「ところがな、風神一家は阿片を扱わないんだ」

おやっとした顔で、剣之介は問いかけた。

「おっさん、馬鹿に自信ありげだけど、なにか根拠があるのかい」

「風神一家はな、この界隈《かいわい》じゃ老舗《しにせ》のやくざなんだ。主だった収入源は、シマを守るみかじめ料と賭場のあがりというところだ」

「これまではそうでもさ、阿片を扱える道筋がついたら、扱わない手はないって考えるんじゃないの。ましてや、閻魔一家がシマを荒らしているってときだ。手っ取り早く金が欲しいだろう。喧嘩は金がかかる。出入りとなったら、助っ人を雇ったり、死人や怪我人の面倒も見なきゃいけないからね。実際、誓願堀にある女郎屋で、阿片は使われていたんだぞ」

「だがおまえも知ってのとおり、風神一家の代貸し・正次郎という男……これが、いまどき珍しいほどの任侠心に厚い男だ。正次郎は、阿片などという亡国の薬に手を出すのは任侠道に背《そむ》くと、断固反対しているそうだぞ。風神一家は、唐獅子桜の正次郎でもっているようなものだ。正次郎が承知しないものを、風神の親分だって許すわけはない。女郎屋が阿片を扱っていたのは、風神一家の筋じゃないかもしれぬ」

「おっさんらしい、面白くもなんともないお説だけどさ。たしかに正次郎って男、融通《ゆうずう》がきかなそうな堅物《かたぶつ》だね」

「背中に、唐獅子の彫り物を施しているんだそうだ」

「そうだってね。拝んでみたいなあ」

「なにを呑気《のんき》なことを……その正次郎は、もともとは武家でな、直参旗本の次男だと聞いておる」

「それも、誓願堀の茶店で聞いたよ。侍からやくざになった男もいれば、おれみたいにやくざから侍になった男もいるってことか」

剣之介は愉快そうに笑った。

「おまえな、無茶をすると、風神一家と閻魔一家との喧嘩騒ぎが大きくなって、奴らばかりか、かたぎにまで迷惑がかかるぞ」

山辺は心底から心配そうだ。

「おれはね、そんなどじじゃないよ」

剣之介は自信を深めた。

「まったく……どうなっても、わしは知らんぞ」

嘆《なげ》く山辺をよそに、

「さて、閻魔一家に行ってくるか」

剣之介は立ちあがった。

「わしも行く」

「邪魔しないでくれ。おっさんはおとなしく、団子でも食べてな」

歯噛みする山辺をひとり残し、剣之介はさっさと茶店を出た。

閻魔一家は、待乳山聖天宮の門前にあった。

家屋はまだ新しく、しかも檜造《ひのきづく》りという贅沢《ぜいたく》さである。いかにも、新興の一家といった雰囲気を漂わせていた。

玄関を入ると、小上がりで子分たちがあぐらをかいて、花札《はなふだ》に興じていた。

「親分に会わせてくれ」

剣之介が頼んでも、生返事をするばかりだ。剣之介は大股《おおまた》で近づき、花札を蹴散らした。

「なにしやがるんだ」

途端に目を三角にして、子分たちが凄《すご》んだ。

「花札を蹴散らしたんだよ。見てわからないかい。あんたら、人の話も聞かないものな」

平然と剣之介は言い放つ。

「なんだと」

「とっとと親分のところに案内してくれよ」

剣之介はふたりの耳をつかみ、無理やり立たせた。

「いてて」

ふたりは顔を歪め、立ちあがった。

「早く」

「わかったよ」

　ふたりは泣き言を並べながら、剣之介を閻魔の寅吉のところへ案内した。

　座敷にいた寅吉は、長火鉢の前に座って、按摩《あんま》に肩を揉ませていた。年増《としま》の女が横でかしずいている。

「なんだ、あんた」

　寅吉は目をつりあげた。

　小太りで赤ら顔、いかにもやくざの親分といった風貌《ふうぼう》だ。

「火盗改の佐治剣之介だよ」

　悪びれもせず、長火鉢をはさんで剣之介は座り、長ドスを脇《わき》に置いた。

「火盗改がなんの用だ」

　寅吉は横柄《おうへい》な口をきいた。

「話の前にさ、おれも肩を揉んでくれよ。おれはさ、あんたらと違って真面目に働いているんだ。寅吉さんより、よっぽど肩が凝《こ》っていると思うよ。ねえ、按摩さん、おれの肩を揉んでおくれな」

　しゃあしゃあと言う剣之介に、寅吉も啞然としたが、

「早く」

平然とうながす剣之介に呑まれて、

「やってあげな」

寅吉は按摩を、剣之介に向けた。

按摩に肩を揉んでもらった剣之介は、

「もっと強めだよ。そこのところをさ。もっと、それからね、親指で押して……そう、その調子。やりゃできるじゃない」

口うるさく指図しながら、剣之介は肩を揉んでもらい、

「あ〜あ」

と、大きく伸びをした。

「で、佐治さんよ、なにしに来たんだい。肩を揉んでもらいにきたわけじゃねえだろう」

寅吉は煙管に火をつけた。

「風神一家を潰せる機会だよ」

剣之介が言うと、

「な、なんだ」

寅吉はむせかえった。

「あんたんとこってさ、子分も馬鹿ばっかりだけど、親分も頭が悪いね。おれが言ったことがわからないの」

歯に衣着《きぬき》せぬどころか、非礼な物言いの剣之介に、横の女がくすりと笑った。

寅吉は苦い顔をして、

「佐治さん、物騒なことを言いなすったが、そりゃいったい、どういうこってすかい」

「面白いだろう」

剣之介はにんまりとした。

「面白いねえ。くわしく教えてくれよ」

「阿片だよ。あんたのとこにも阿片を扱わないかって、廻船問屋の富士屋が話を持ちかけてきているだろう」

「さあ、そんなことあったかな」

寅吉はとぼけて横を向いた。

次の瞬間、

「あっ、そう。さいなら」

剣之介は長ドスを手に腰をあげた。

寅吉はあわてて、

「ま、待ってくれ。悪かった。たしかに富士屋からそんな話がある。だがな、売りさばくには、それなりのシマが必要なんだ。おれたち一家は新興だ。賭場の客も上客とは言えねえ。あっちの女郎屋、こっちの女郎屋からみかじめ料を取ったりしているが、阿片をさばくとなるとな、心もとないんだ」

「あんた、子分たちに、ずいぶん手荒い真似をさせているんだろう。足を踏んだとか肩を触れたとか言いがかりをつけて、慰謝料を脅《おど》し取ったり」

剣之介に指摘され、

「つまんねえしのぎだよ」

恥じ入るようにして寅吉は言った。

「そんなしょぼい稼ぎじゃ、阿片はさばけないな。町ゆく者たちに子分がいちいち売るんじゃ、すぐ町方に摘発《てきはつ》されちまうだろうよ」

「だから、大きなシマが欲しいんだ」

「気持ちはわかる。それゆえ風神一家のシマ、誓願堀に目をつけたってところまでは誉《ほ》めてやるよ」

「そいつは、ありがとうございます」

　思わず寅吉は、ぺこりと頭をさげる。

「いま風神一家は割れているんだ。阿片を扱うかどうかでな。女郎屋に流れた阿片は、風神一家の身内から流れたのかもしれないぞ」

「そういやあ、耳にしているよ。正次郎と弥吉が仲違いしているって……」

「そうだろう。じゃあ、話は早いじゃないか。そこに鑿《のみ》を打ちこんでやればいいんっすよ」

「弥吉は、正次郎に勝てるかな」

「勝てなくたってかまわないだろう。むしろ、勝てないほうがいいんだよ。内輪揉めさせてさ、一家が分裂し、揉めている隙《すき》にシマを頂戴すりゃあ、いいじゃないか」

「しかしな、風神一家は正次郎でもつ、って評判どおり、いくら弥吉が頑張ったところで、とても正次郎にはかなわねえ。喧嘩にもならねえぜ」

　寅吉は渋面を作った。

「だったらさ、弥吉に加勢してやればいいじゃないか」

「加勢か」

「そうだよ。加勢してやるんだ。弥吉は阿片を扱う。それで、シマが弥吉のものになったら、おまえがそのシマを乗っ取ればいいだろう」

「そう、うまくいくかな」

寅吉は長箸で、火鉢の灰を掻き混ぜた。

「知恵を出せよ。正次郎の弱点はなんだ」

「あいつの弱味か……とにかく、任侠道を踏み外さない男だからな。侍だっただけあって、腕っぷしも強い」

「かたぎの衆には迷惑をかけないんだろう」

「それがあいつの信条だな」

「その信条を利用すればいいんじゃないの」

「う～ん、なるほど。かたぎの衆に迷惑をかければいいんだ」

「そういうことだ。ま、しっかりやれよ」

そう言い残し立ちあがった剣之介に、うなずいていた寅吉がふと尋ねた。

「ところで佐治さん。あんた、どうしてあっしらの味方になってくれるんですかい」

「あのさ、おれは火盗改の同心だよ。八丁堀同心と違って、役得はない。だからさ、誓願堀を取ったら、あんたんところから月々の心づけが欲しいんすよ」

あけすけに剣之介はねだった。

「そういうこってすか。よおくわかりましたよ。まあ、任せてくだせえ。きちんと礼はする。閻魔の寅吉は、約束は違えない男だ」

寅吉はおおげさに見得《みえ》を切った。

五

そのころ、風神一家では、正次郎が弥吉を奥座敷に呼んでいた。

「おめえ、誓願堀の女郎屋に阿片を持ちこんだな」

「いや、そんなこと知らねえぜ」

返事とは裏腹に、弥吉の目が泳いだ。

「とぼけるな」

正次郎は、弥吉の襟をつかんだ。怒りの目で睨むと、

「勘弁してくれ。富士屋の旦那に頼まれて、試しに扱ってみたんだ」

弥吉は謝った。

「馬鹿、阿片をシマで扱っているなんてことになったらな、お上は黙っちゃいないぞ。それこそ、うちの一家を潰しにくるぜ」

「でもよ、何遍も言うけど、うちが扱わなかったら、富士屋は閻魔一家に持っていくぜ」

「持っていかせりゃいいんだ。閻魔一家に、阿片をさばけるだけのシマはねえ。町中で誰彼となく売りさばくだろう。そうなりゃ、遠からず町方に御用になって阿片で自滅するんだ。それがわからねえか」

「そうでもさ、たとえ、子分たちが捕まっても、寅吉は知らん顔ですぜ。その間にしこたま儲けたら、子分をごっそり集めて、誓願堀を乗っ取りにきますぜ」

「そうなっても、誓願堀はおれが守る」

断固として正次郎は言った。

「兄貴……古いぜ」

「馬鹿野郎」

正次郎は、弥吉を殴った。

弥吉は目をむき、正次郎を恨みがましい目で見返す。

「兄貴とは話しあえねえぜ」

弥吉は踵《きびす》を返し、飛びだした。

「弥吉……待て」

正次郎は引き止めたが、弥吉の耳には届かなかった。

逃げるようにして並木町の小料理屋に駆けこんだ弥吉は、さっそく店の女将に頼んだ。

「お紋、酒だ。冷でいいぜ」

「あんた、奥にね、閻魔の親分さんがいらしているのよ」

「閻魔の……そいつはまずいな。なら、またあとでくらあ」

と、出ていこうとした弥吉を、お紋が引き止めた。

「それがね、親分さん、あんたに話があるんだってさ」

「馬鹿、話なんかできるかよ」

「でも、せっかく、いらしているんだし」

お紋が会うよう勧めると、

「おう、弥吉」

当の寅吉が、赤ら顔を出してきた。

「こらあ、閻魔の親分……」

うつむきかげんに、弥吉は挨拶をする。

「なんだ、しけた面《つら》しやがって……ああ、てめえ、頬が腫《は》れているじゃねえか。誰かに殴られたか。そうだ、正次郎だろう」

寅吉に指摘をされ、弥吉は曖昧《あいまい》に口ごもった。

「いや、そんなことは」

「おまいさん、正次郎さんに舐められているんじゃないのかい」

お紋に言われ、

「うるせえ、おめえは引っこんでろ」

弥吉は怒鳴った。

「まあまあ、弥吉よ。一杯やろうじゃねえか」

寅吉に誘われるまま、結局、奥へと向かった。

「まあ座りねえ」

上機嫌に言う寅吉を前に、弥吉はおっかなびっくり座った。

「おめえ、ずいぶん苦労しているようだな」

安心させるように、寅吉は笑いかけてきた。

「そんなことはありませんがね」

「正次郎の奴、一徹者だからな。融通がきかねえ。これまでどおりやっていりゃいいって思っているぜ。それじゃあ、おめえみてえに、新しい一家のありようを考えているもんにとっては、目の上の瘤《こぶ》だろうな」

寅吉は酒を勧めた。

弥吉は黙っている。

「弥吉よ、ここらで勝負するときじゃねえのかい」

「親分、あっしのケツをかく気ですかい」

「そう受け取ってくれてもいいぜ」

寅吉の言葉に、弥吉は息を呑んだ。

「おらな、おめえを助けてやりてえのよ」

「よしてくれよ」

弥吉は首を振る。

「おめえ、正次郎をやろうにも、ついてくる子分がいねえって、だから心が決められねえでいるんだろう。だったら、うちの子分をつけてやるよ」

「閻魔の……」

「そうだよ」

「そりゃ、いくらなんでも」

弥吉が躊躇《ためら》ったところで、襖が開いた。富士屋善右衛門が入ってきた。

「弥吉さん、この前、勝負をかけるって約束してくれたじゃないか。だからこそ、あたしゃ、あんたに多少の金は融通したんだ。それに、阿片も提供したんだよ」

善右衛門の言葉に、寅吉が続けた。

「弥吉よ、富士屋さんもな、おめえを押してくだすっているんだぜ。これだけ助けられても、まだうじうじとしていやがるのか」

「弥吉さん！」

善右衛門もけしかける。

ここにきて、弥吉は顔をあげた。

「わかりましたよ。風神一家の弥吉は男だ。こうまで頼りにされたんじゃ、期待に応えなきゃ、男がすたるってもんだ」

「そうだ」

寅吉が言い、

「やっと決心してくれたんだね」

善右衛門も喜びの声をあげた。

弥吉は立ちあがり、声も高らかに告げた。

「おい、お紋、酒だ。上等な清酒《せいしゅ》をたっぷりと持ってきな」


翌日から、閻魔一家の誓願堀への嫌がらせは激化した。とめに入った風神一家の子分たちと喧嘩沙汰になり、双方で怪我人が出るありさまだった。

殺伐《さつばつ》とした雰囲気となり、店々から客足が遠のいていった。

「兄貴、どうするんだよ」

弥吉は正次郎を責めると、正次郎は覚悟を決めたように言った。

「よし、閻魔一家に行ってくる」

途端に子分たちが、

「あっしも」

と、次々と立ちあがる。

座敷の中は一瞬にして殺気だった。

「おい、勘違《かんちが》いするな。なにも出入りじゃないんだ。掛け合いにいってくるだけだぜ。おれひとりで十分なんだ」

正次郎はみなを宥めた。

しかし、子分の間から、ひとり乗りこんでいくことの危険を訴える声が、あちらこちらから聞こえた。

「閻魔の親分だって、ひとりで掛け合いにきた男を殺すような真似はしねえよ。そんな任侠の道を外すようなことはな」

心配するな、と正次郎は子分たちを見まわした。

それでも、不満が燻《くすぶ》っている。そんな空気を見てとった弥吉が、膝を進めて言った。

「おれを連れてってくれ」

弥吉の目には、強い決意がこめられている。

六

「いや、おめえも……」

正次郎が言いかけると、

「兄貴、たまには、おれの願いを聞いてくれてもいいじゃねえか」

すがるような目で弥吉は訴えた。

迷うふうだったが、弥吉との対立をこれ以上避けるべきという、弟分への遠慮から、

「わかった、ついてきな」

と、弥吉の申し出を受け入れた。

弥吉は笑みを広げた。


正次郎は弥吉を伴い、待乳山聖天宮門前にある閻魔一家へと向かった。

ふたり、肩を並べ歩いていく。

途中、小さな稲荷《いなり》があった。

「兄貴、ちょいと願掛けをしようぜ」

弥吉が声をかけた。

「いいだろう」

正次郎が応じると、弥吉は鳥居《とりい》をくぐった。

続いて正次郎が足を踏み入れると、狛犬《こまいぬ》の陰《かげ》から、どやどやとやくざ者が出てきた。

その数、十人あまり。みな、閻魔一家の連中だ。

弥吉は彼らのなかに混じった。

「……弥吉、てめえよくも」

一瞬にして弥吉の裏切りを悟った正次郎は、目をつりあげた。

「兄貴、すまねえ。一家のためなんだよ」

顔を歪ませ、弥吉は声を絞りだした。

「閻魔の寅吉の口車に乗せられたんだな。おめえ、利用されているって、わからねえのか」

悲しげな目で、正次郎は言った。

「兄貴は、おれの気持ちなんてわかってくれなかったじゃねえか」

万感《ばんかん》迫る声音で、弥吉は嘆いた。

そうしているうちにも、閻魔一家が匕首《あいくち》を次々と抜き、正次郎に向かって殺到してくる。

正次郎は武器を持っていない。

敵の襲撃をかわしながら、鳥居に向かう。そうはさせじと、数人が立ちはだかった。正次郎はひとりの顔面を殴り、もうひとりの腹を蹴りあげた。

背後からも敵が襲いかかる。

振り向きざま、正次郎は敵の鳩尾《みぞおち》に拳《こぶし》を放った。敵は吹き飛んだ。

「野郎！」

敵は殺気だつ。

正次郎は、憤怒《ふんぬ》の形相《ぎょうそう》で立ち尽くした。

と、鳥居の陰に隠れていた敵が、匕首を手に正次郎の背後から襲いかかった。

「あぶねえ」

思わず叫ぶや、弥吉が飛びだした。

匕首が、身代わりとなった弥吉の腹をえぐった。

「野郎！」

正次郎は男を殴りつけた。

そこへ、数人の町人が通りかかった。騒ぎはじめたのを見てとり、閻魔一家は蜘蛛《く》蛛《も》の子を散らすように逃げ去っていった。

「弥吉、しっかりしろ」

正次郎は、血まみれの弥吉を抱き起こした。

「あにき……おれ、やっぱり兄貴を殺せねえ……」

途切れ途切れに、弥吉は言葉を発する。

「おら……馬鹿だったぜ」

「黙ってな」

正次郎はうなずく。

「兄貴、すまねえ」

弥吉の両目が閉じられた。

「弥吉！　……弥吉！」

全身を揺さぶったが、もはや弥吉の返事はなかった。

正次郎の全身が、悲しみと怒りで震えた。


いまや風神一家は落ち目だという評判が広まり、誓願堀でも、閻魔一家がのさばっていた。閻魔一家のシマへの嫌がらせは激しさを増し、ついには地域の顔役である勘十郎《かんじゅうろう》が、閻魔一家の乱暴によって命を落とした。

「代貸し、もう我慢できませんぜ」

「殴りこみだ」

風神一家の子分たちの勢いは、沸点《ふってん》に達した。

「正次郎、これ以上、我慢しなきゃいけねえか」

これまで正次郎の考えを尊重していた権蔵も、さすがに限界のようだ。

それは、風神一家としての結論を思わせた。

みなの視線を受け、正次郎は口を開いた。

「わかりました」

そのひとことで、途端に子分たちは勇《いさ》みたった。

「なら、さっそく支度を」

「すぐにも乗りこみましょうぜ」

気の早い者は、そう言った。

「まあ、待て。日のあるうちに殴りこみをかけたんじゃあ、お上の目もある。闇魔一家に行く前に、全員お縄になるぜ」

正次郎の忠告に、

「それなら、夜中ですか」

ひとりが問いかける。

「払暁《ふつぎょう》、夜が明けきらないうちがいいだろう」

「それがいいだろうぜ」

正次郎の意見を権蔵が了承したため、子分たちはそれで納得し、みなが黙りこんだ。

「よし、それなら明日の七つ、一家に集合だ。いまのうちに休んでおきな。女やかかあと楽しんでおけ」

みなの気分をほぐそうとする正次郎の言葉に、笑いが起きた。

顔に焦燥《しょうそう》の色を浮かべつつ、正次郎が自宅へ戻ると、いつかと同じく瀬良が待っていた。

「何度来ても同じだぜ」

「明日、いらしてください。明日ならば、父上も兄上もいません。明日を逃《のが》せば、母上の病状からして、おそらく生きている母上とは会えぬでしょう」

最後の頼みとばかりに、瀬良は訴えかけた。

「できぬ」

それでも正次郎は、首を左右に振った。

「いらしてください。お願いいたします」

瀬良はそれだけ言い置いて、家をあとにした。

「ふん」

正次郎は深いため息を吐いた。

そして、気を取りなおすように、唇をへの字に結んだ。

まどろんでから、正次郎は目を覚ました。夜九つをまわったところである。

正次郎は、静かに身支度をはじめた。

新しい下帯《したおび》を穿《は》き、晒《さら》しを巻き、糊のきいた小袖を着た。長脇差《ながわきざし》ではなく、大刀を抜き、刃を研《と》ぐ。

口を真一文字に引き結び研ぎ続けると、荒ぶった気持ちが静まる。

閻魔一家への憎悪《ぞうお》、弥吉への憐憫《れんびん》、瀬良や母への悔恨《かいこん》が、朝霧のように消え去っていった。

刀身《とうしん》を懐紙《かいし》で拭《ぬぐ》い、鞘《さや》におさめると、決然として立ちあがった。

腰に大刀を差し、家を出る。

肌寒い夜風に吹きさらされながら、正次郎はひとり、待乳山聖天宮の門前にある閻魔一家に向かった。

十三夜の月が、煌々《こうこう》と照らしている。

正次郎は一歩、一歩、大地を踏みしめるようにして進む。ひとけはなく、野良犬が何匹か徘徊《はいかい》していた。

鳥居の前に来た。

「弥吉、待ってな」

ひとこと言葉を発したとき、

「死ぬ気っすか」

と、声がかかり、鳥居の陰から佐治剣之介が現れた。

「佐治さん……」

正次郎は戸惑った。

「おれも行くよ」

剣之介は言った。

夜風に黒紋付《くろもんつき》がはらりと翻《ひるがえ》り、真っ赤な裏地が覗《のぞ》いた。紫の帯に刺された朱鞘《しゅざや》の長ドスが、型破りな火盗改同心にぴったりだ。

「いや、そいつはならねえ。これは佐治さんとは、なんのかかわりもねえ出入りだ。それに、火盗改の同心がやくざの殴りこみに同行するなんて、前代未聞ですよ」

「承知のうえさ」

「いけませんや」

「おれはね、正直言って、風神一家と閻魔一家を嚙みあわせて共倒れを狙ったんだが、それがとんだ算段違いになっちまった。あんたは、一家に迷惑をかけないよう、ひとりでけじめをつけるんだろう、なら、おれもひとりで、けじめをつけるさ」

　剣之介は言った。

「佐治さん」

「頼むよ。おれも、暴れまわりたいんすよ」

　剣之介は、朱鞘の長ドスの柄《つか》を握った。ふたりはしばらく見交わした。剣之介が笑みを送ると、正次郎も頰をほころばせて言った。

「では、ご一緒しましょうか」

　正次郎の言葉に、剣之介は深々とうなずいた。

　閻魔一家の屋敷は、しんと静まり返っていた。

　剣之介が格子戸を叩き、

「おれだ。火盗改の佐治剣之介だ。寅吉に急ぎの用だ」

と、大声で叫びたてた。

しばらくして、

「待ってくださいよ」

寝ぼけたような子分の声が聞こえ、やがて、格子戸が開けられた。

「なんですよ、佐治の旦那」

子分は目をこすりながら出てきた。

そして、剣之介の隣に正次郎が立っていることに気づき、両目を大きく見開いた。

「な、なんですよ」

子分は言った。

「殴りこみだよ」

剣之介はしれっと言うと、家の中に踏みこんだ。

正次郎も続く。

「親分、大変だ」

子分の悲鳴が轟いた。

大勢の子分たちに囲まれながら、寅吉が出てくる。

「なんだ、火盗改の旦那じゃないか。こりゃ、いったい、なんの真似だよ」

寅吉は声を震わせた。

「見りゃわかるだろう。殴りこみっすよ」

剣之介は長ドスを抜いた。

正次郎も左手の親指で、腰の大刀の鯉口《こいぐち》を切った。

「やっぱり、てめえは信用ならなかったな。だがちょうどいい。飛んで火に入る夏の虫とは、てめえらのこった」

寅吉にうながされ、子分たちが剣之介と正次郎を囲んだ。匕首や長ドスを持ち、殺気だってふたりに迫ってきた。

剣之介は長ドスの切っ先を、土間に突き刺した。次いで朱鞘を抜くと、下げ緒を右手に、鞘をぶんぶんと振りまわした。

鞘がうなりをあげ、剣之介の頭上で旋回する。

子分たちはおよび腰となり、ずるずると引きさがる。

「馬鹿野郎、やっちまえ」

寅吉に怒鳴りつけられ、ふたりが長ドスを振りまわしながら向かってきた。

「そらよ！」

剣之介は鞘を、ふたりの顔面にぶつけた。ひとりの頬骨が砕ける音がし、もうひとりの鼻から血が飛び散った。

たまらず、ふたりは土間にうずくまる。

「言い忘れたけど、この鞘はね、鉛《なまり》で覆《おお》ってあるんすよ」

とぼけた口調で言い放ち、剣之介は次々と鞘で、子分たちを打ち据《す》えていった。

子分たちは浮き足だち、散り散りになる。

その間に、寅吉は奥へと逃げていった。

正次郎は雪駄《せった》のまま、そのあとを追う。

剣之介も鞘を腰に戻し、長ドスを右手にさげて続いた。

寅吉は母屋から庭におりたところで、子分たちが寅吉の周囲を固めていた。

「寅吉、生かしちゃあ、おかねえぜ」

正次郎は追いつき、大刀を抜くと、正眼《せいがん》に構えた。

「もたもたするんじゃねえ」

寅吉がけしかける。

「命が惜《お》しい奴は逃げな。こんな野郎のために死ぬことはねえ」

正次郎の呼びかけに応じる者はいない。

「親と子、そろって馬鹿者か」

鼻で笑うと、正次郎はもろ肌脱ぎになった。

「おおっ」

思わず剣之介は、感嘆の声をあげた。

背中一面に唐獅子が彫られている。

桜吹雪《さくらふぶき》のなか、天に向かって咆哮《ほうこう》していた。

正次郎が大刀を大上段に構え直し、腰を落とすや、敵に向かって斬《き》りこんだ。

まさしく、唐獅子が吼《ほ》えかかり、獲物《えもの》に食らいつくかのようだ。

敵は長ドスどころか悲鳴を発することすらできず、正次郎の刃の餌食《えじき》となってゆく。腕が斬り落とされ、腸《はらわた》が飛びだし、首が飛ぶ。

血染めとなった唐獅子は、さらなる獲物を求め、躍動した。

あっという間に子分は倒され、寅吉はひとり震えていた。

「か、勘弁してくれ」

長ドスを放り投げ、両手を合わせて正次郎を拝んだ。

「おれはな、口に出したことは曲げねえ。かならずやり遂《と》げるんだ。おめえには死んでもらうぜ」

正次郎は大刀を八双《はっそう》に構えた。

「許してくれえ！」

くるりと背中を向け、寅吉は悲鳴をあげながら、石灯籠《いしどうろう》の陰に身をひそめた。

「覚悟しな」

静かに告げると、正次郎は大刀を横に一閃《いっせん》させた。

石灯籠の頭と一緒に、寅吉の首が夜空に舞いあがった。

正次郎は血振りをくれると無言で納刀《のうとう》し、着物の袖を通した。

次いで、剣之介に向き、

「佐治さん、お縄を頂戴します」

と、一礼した。

「なに言ってるんすか。閻魔一家を壊滅《かいめつ》させたのは、おれっすよ。代貸し、人の手柄を取らないでよ」

右手をひらひらと振って、剣之介は言った。

「いや、そいつはいけません。罪は償《つぐな》わな……」

正次郎の言葉を遮《さえぎ》り、

「風神一家は、唐獅子桜の正次郎でもつ。一家ばかりじゃない。誓願堀のみんなだって、あんたを頼りにしているんだ。奢侈《しゃし》禁止のご時世、誓願堀は江戸でも数少ない盛り場、町人たちの憩いの場なんだ。あんた、盛り場の火を消しちゃいけないよ」

剣之介は真顔で言った。

正次郎は唇を真一文字に引き結んでいたが、

「佐治さん、すまねえ。この借りはかならず返しますぜ」

「貸しなんかないって。おれ、この大手柄でさ、長谷川平蔵さん、つまり鬼平《おにへい》さんから報奨金《ほうしょうきん》もらうんだからね。あ、そうだ、報奨金の積み増しにいこうっと。富士屋の阿片を摘発してやるよ」

あっけらかんと言い、剣之介は去っていった。

「……なんとも、ぶっとんだお人だ」

見送る正次郎の顔から、自然と笑みがこぼれた。

あくる朝、正次郎は番町《ばんちょう》にある長山家の屋敷へとやってきた。

月夜であったのに、夜明けとともに雨が降りだした。番傘《ばんがさ》を差し、屋敷の裏門にたたずむ。

いまさら、母に合わせる顔などない。

父と兄は不在ということだ。生きた母との対面は、今日を逃してはない……。

瀬良のはからいであろうか、裏門は開いていた。番士もいない。

雨中の庭で、菊《きく》が大輪の花を咲かせている。

母は菊が好きだった。

正次郎がただ一度、母から怒られたのは、菊畑を踏み荒らしたときだった。

菊が好きだからというだけではなく、花々を慈《いつく》しむ心を持て、弱い者の味方になれ、と母は泣いて正次郎を叱責した。

雨に煙《けむ》る菊の花を眺《なが》めながら、

「母上……いや、おっかさん、申しわけござんせん。正次郎は、親不孝者でござんす」

低い声でつぶやくと、正次郎は番傘を閉じ、あえて雨に打たれながら屋敷から遠ざかった。

第三話　盗人の上前

一

　月が変わって神無月《かんなづき》の一日、山辺左衛門は夕暮れの道を歩いていた。神田川《かんだがわ》に沿った柳原通《やなぎわらどお》りを、両国に向かっている。

　晩秋《ばんしゅう》の夕風は肌寒い。両手を袖《そで》に入れ、ついつい背中が曲がってしまう。縄暖簾《なわのれん》の燗酒《かんざけ》が待ち遠しい。

　柳森稲荷《やなぎもりいなり》に差しかかったとき、手拭《てぬぐ》いで頰被《ほおかぶ》りした男が近づいてきた。山辺が視線をやると男は、

「山辺の旦那《だんな》」

　と、呼んだ。

「……………」

視線を凝《こ》らす。

夕陽に赤く染まったその男は、醬油《しょうゆ》を煮しめたような色をした手拭いを取った。無精髭《ぶしょうひげ》に覆《おお》われた顔は疲れている。目には力がなく、痩《や》せぎすの頰骨が張っていた。

「旦那、あっしですよ。お忘れたあ、冷てえなあ。ほら」

自分の顔を指差し、顔を突きだした。

「ああ、銀次《ぎんじ》……鼬《いたち》の銀次だったな」

山辺は思いだした。

「ええ、そう、銀次です」

疲れた顔に赤みが差した。

「達者そうだな」

と、声をかけたものの、元気のない銀次の様子にばつの悪さを覚えた。

「ええ、まあ……」

顔を曇らせる銀次に、

「いまは、かたぎの仕事をやっているというわけか」

「ええ、そうなんですがね。あ、そうだ、しばらくぶりですから、ちょいと一杯やりませんか」

銀次は誘ってきた。

「そうだな」

山辺が躊躇《ためら》っていると、

「あそこがいいですよ」

目についた縄暖簾に、銀次は山辺も誘った。

小上がりの座敷で向かいあう。

酒と肴《さかな》を頼むと、あらためて銀次は山辺に向いた。

銀次は盗人《ぬすっと》一味、荻田《おぎた》の久蔵《きゅうぞう》の子分であった。

久蔵一味は、上総《かずさ》や江戸で盗みを繰り返した。三年前の夏、山辺が率いる火付盗賊改の捕方が、久蔵一味の隠れ家である向島《むこうじま》の廃屋敷を襲撃し、一味を壊滅《かいめつ》させたのである。

その際、久蔵は激しく抵抗して斬《き》られた。

銀次は見張り役であったことから、百叩《ひゃくたた》きですんだのだった。

「旦那が温情をかけてくださいましたんでね、こうしてシャバで暮らしていられます」

銀次はぺこりと頭をさげた。

「足を洗って、まっとうに暮らしているわけだな。ところで、いまはなにをやっているんだ」

山辺の問いかけに、

「それがですよ」

銀次は恥じ入るように頭を掻《か》いた。

「ぶらぶらしておるのか」

「ぶらぶらってわけじゃござんせんがね、その……女のところに転がりこんでいるってわけでしてね……あっ、それがぶらぶらってこってすよね」

「女というと」

「池之端《いけのはた》の岡場所で女郎をやっていたのを、あっしが身請《みう》けしてやったんですよ。お峰《みね》っていいます。てめえのかかあですから、遠慮することなく申しますけど、へちゃむくれです。だから、上客がついていたわけじゃなかったし、身請け金も三十両ばかりでしたから。ま、なんて言いますか、情にほだされましてね」

銀次は盗みで得た金でお峰を身請けし、所帯を持ったのだった。

「女房に食わせてもらっているのもよいが、いずれおまえが稼いで、女房に楽させてやらないとな」

「おっしゃるとおりで」

「なにか働き口はないのか」

「これじゃあね」

銀次は、着物の袖をまくってみせた。二本の線が刺青《いれずみ》されている。

罪人は敬遠されているのだ。

山辺は黙りこんだ。

しばらく酒を酌《く》み交わしたあと、

「旦那、お願いがあるんですがね」

上目遣《うわめづか》いに銀次は言った。

「多少の金なら融通《ゆうずう》してやってもよいぞ」

ついつい山辺は口に出してから、よけいな同情をしたと悔《く》いた。ところがさいわいにも銀次は手を左右に振って、その必要はないと断ってから、

「じつはね、あっしを雇ってもらいたいんですよ」

「雇う……」

「火盗改さまには、犬がいるって耳にしましたぜ」

いわゆる密偵である。

蛇《じゃ》の道は蛇《へび》、雇われている密偵には、盗人の足を洗った者たちも珍しくはない。

「密偵をやりたいのか」

「ええ、そうなんで」

「どうして、密偵になりたい」

「かっこをつけて言いますとね、盗人の罪を償《つぐな》いたいんですよ……なんて言ったら、信じてもらえませんね」

「信じられぬことはないがな」

「本音《ほんね》を申しますとね、仕返ししてやりてえんですよ。盗人たちにね」

銀次は目を尖《とが》らせた。

「仕返し……久蔵一味はもう、ばらばらだろう」

「お頭《かしら》や仲間たちじゃござんせんや。なんて言いますかね、盗人って奴らを許すことができねえ」

銀次は目を血走らせた。

真剣そのものである。たしかに、盗人への嫌悪《けんお》は、火盗改に役立ちそうだ。

「いいだろう。密偵に雇ってやる」

密偵への手間賃《てまちん》は、火盗改頭取・長谷川平蔵に申請《しんせい》すれば、機密費から出る。

「旦那、きっとお役に立ちますぜ」

銀次は両目を大きく見開いた。

「だがな、無理はするなよ。命あってのものだねだからな」

山辺は釘《くぎ》を刺した。

「ありがてえ」

銀次は猪口《ちょこ》をあおった。


その五日後のことだった。

佐治剣之介は、山辺とともに夜道を急いでいた。

「山辺のおっさんさ、本当なんだろうね」

剣之介が問いかけると、

「ああ、間違いない」

「じゃあさ、捕方を編成すればよかったのに」

「いや、それはちょっとな……」

山辺が口をもごもごとさせると、

「やっぱり、自信がないんじゃないか」

「いや、そんなことはないが、銀次の奴、今回が初めての仕事であるからな」

「その銀次って男さ、信用していいのかよ」

「まあ、信じるよ」

言ってから山辺が歩いてゆくと、天水桶《てんすいおけ》の陰《かげ》から銀次が現れた。

「旦那、ご苦労さんです」

銀次はぺこりと頭をさげた。

山辺が剣之介を紹介する。剣之介は名乗ってから、

「間違いないよね」

などと問いかけた。

「ええ、任してくだせえよ」

銀次は胸を張った。

銀次によると、先日、深川《ふかがわ》の料理屋で百両を盗んだ盗人ふたりが、この先の長屋で酒盛りをしているそうだ。

「百両か……相手はふたり、なるほど捕方を催《もよお》すまでもないか」

剣之介はつまらなそうな顔をした。山辺が気にするな、と銀次を労《いたわ》った。

銀次は腰を屈《かが》め、長屋の木戸をくぐり、路地を入っていった。

剣之介と山辺も続く。

一軒の前で立ち止まり、銀次はこちらに向かってうなずいた。

山辺が腰高障子《こしだかしょうじ》を叩いた。

しかし、剣之介は相手の反応を待つことなく、腰高障子を蹴倒《けたお》す。

中で酒を飲んでいた男ふたりが、首を伸ばした。酒とともに、前には小判《こばん》が山吹色《やまぶきいろ》の輝きを見せていた。

男たちは浮き足だった。

「火盗改である。御用だ」

山辺が宣言するのを聞くことなく、剣之介はふたりの前に立ち、

「さっさと行くよ」

と、ふたりの襟首《えりくび》をつかんだ。

「てめえ、なにしやがる」

酔眼《すいがん》で男は抵抗しようとしたが、

「なにしやがるってわからないかな。お縄にするに決まっているでしょう」

剣之介は十手《じって》で、男の頬を殴った。男は手で頬を押さえ、うなだれた。

もうひとりは、

「わ、わかったよ」

と、みずから両手を差しだした。


火盗改の屋敷に連行され、盗人ふたりの取調べが進んだ。

ふたりが料理屋で盗んだ金は百両ではなく、三十両あまりだとわかった。百両だと料理屋が訴えていたのは、店の主人が妾《めかけ》につぎこんだ金を盗まれたことにしていたためだと判明した。

盗人たちは大工で、ほんの出来心で盗んでしまったと、反省の言葉を口にした。根っからの盗人ではなく、三十両のうち、使っていない二十五両を料理屋に返し、残る五両を働いて返すことを条件に、料理屋と話しあいがつき、百叩きで解き放たれることになった。

料理屋としても、主人の不始末の後ろめたさがあったため、事を荒だてようとはしなかった。

銀次は礼金として、一両をもらった。

若干、勇《いさ》み足ではあったものの、最初の働きとしてはまずまずだと、山辺は高く評価をした。

「旦那、今度はもっと大物を見つけてやりますよ」

気をよくして銀次は言った。

「頼むぞ」

山辺も目を細めた。

喜びあうふたりを横目に、

「あんまり、あてにしないほうがいいと思うよ」

剣之介は冷めていた。

二

それから数日後、神無月十日の夕暮れ。

「荻田の久蔵一味の残党が、暴れはじめたそうっすね」

剣之介は山辺に言った。

ふたりは肩を並べて、柳原通りを両国へと向かっている。

「そのようだな」

山辺は苦い顔をした。

「久蔵一味ってさ、逃げてたんだね」

「じつはな、三年前の捕物で、一味いちの暴れん坊と言われた黒蛇《くろへび》の繁造《しげぞう》を取り逃がしてしまったのだ。そればかりか、それまで一味に盗まれた金子《きんす》も、いまだ回収しておらぬ」

「なんだ、そうだったんだ。それじゃあさ、一味を潰《つぶ》したことにはならないじゃない」

剣之介らしい遠慮のない物言いに、山辺は苦笑するしかない。

「とにかく、繁造の奴、ほとぼりが冷めたと思って、またぞろ盗みを働きはじめたということだな」

「おっさん、こりゃ、面目《めんぼく》をかけて捕まえないとな」

「おまえに言われなくたって、わかっているさ」

「それじゃあさ、あの男……ええっと、銀次をさ、使えばいいじゃない」

「おれもそのつもりでな、縄暖簾に待たせているんだ」

「そうか、そりゃ、おっさんにしちゃあ、気がきくよ」

しゃあしゃあと剣之介は言い、口笛を吹いた。

入れこみの座敷で、銀次は待っていた。

その顔は陰鬱《いんうつ》に曇っている。

「よお」

元気よく剣之介は右手をあげたが、銀次は暗い表情のままだ。

「なんだよ、そんな陰気な顔でさ」

不満そうな顔を見せる剣之介をよそに、

「銀次、調子はどうだ。患《わずら》ってはおらぬか」

山辺らしく、まずは気遣いを示した。

「ええ、まあ」

変わらず銀次は浮かない顔である。

そこで剣之介が、単刀直入に切りこんだ。

「繁造をさ、お縄にしたいんだよ。だから、あんたも役立ってくれるよな」

銀次は顔をあげた。

「ええ、そりゃ、お手伝いさせてもらいます」

銀次が返事をした途端に、

「どうやるの」

剣之介は問いかけたが、ここで山辺がまた気遣いを示した。

「どうしたのだ。心配事でもあるのか」

「ええ、まあ」

「申してみよ」

つとめて穏やかに、山辺は問いかけた。

「それが……あっしゃ、繁造兄貴に殺されるんじゃねえかって」

か細い声で、銀次は答えた。

「どうしてだ。おまえ、繁造の恨みを買うようなことをしたのか……ああ、まさか、売ったのはおまえか」

そこで山辺は、なにかに気づいたようだ。

どういうことだという目で、剣之介が見返す。

山辺によると、三年前、久蔵一味の隠れ家襲撃の一件は、火盗改方に投げこまれた文《ふみ》がきっかけだったという。

「その投げ文を寄越したのが、あんただったのかい」

あらためて剣之介は問いかけた。

「違いますよ。あっしゃ、仲間を売るような男じゃござんせん」

きっぱりと銀次は否定した。

「じゃあ、投げ文は身内からじゃないっていうの。あんたじゃなければ、怖がる必要なんてないじゃない」

剣之介は問いを重ねた。

「でもですね、繁造兄貴はあっしの仕業だって、確信してると思います」

銀次は言った。

「その根拠は」

山辺が問いかける。

「繁造兄貴は、お頭とうまくいかなくなっていた。お頭は、兄貴がめったやたらと人を殺すのを諫《いさ》めていなすったんです。それだけなら、兄貴も納得したんだろうが、分け前のことで揉《も》めだしたんだ」

自分の働きにくらべて分け前が少ない、と繁造は文句を言うようになった。

「分け前って、どれくらいだったの」

剣之介の問いに、銀次が思いだすように答える。

「分け前の半分は、お頭がもっていって、兄貴は三割、残り二割を、その他の十人あまりの子分で分けたんでさあ」

「たとえば、千両盗んだら、五百両を久蔵が取り、繁造は三百両、残る十人で二百両だから、ええと、あんたは二十両ってことか」

剣之介の言葉に、銀次は首を左右に振り、

「それが、十人のなかにも、働きに応じた上下関係ってもんがありましてね、あたしは、五両がいいところでしたよ」

自嘲《じちょう》気味に、銀次は薄笑いを浮かべた。

「そうだったんだ。そりゃ、苦労のわりに大変だったね。で、繁造はどれくらい欲しいって言ったの」

「四割欲しいって」

「ふ〜ん、ということは、久蔵も四割ってことになるのかい」

「いや、そうなると、その他の十人が二割から一割にさせられるんですよ。お頭の面子《メンツ》で、繁造兄貴と一緒ってわけにはいきませんからね」

「じゃあ、あんたらも繁造の言い分には反対だったんだね」

「そうなんですがね、誰も怖くて、文句なんか言えませんでしたよ」

銀次は首をすくめた。

　ここで山辺が、

「結局、久蔵は繁造の言い分を聞き入れなかったんだな」

「そういうわけで」

　山辺はため息を吐いた。

「なるほど。だが、それでなぜ繁造が、おまえを裏切り者だと疑うんだ」

　ふんふんとうなずく剣之介の横で、山辺が疑問を口にした。

「それは……あっしは、盗みではたいした働きをしてなかったわりに、親分に気に入られてましてね。兄貴の要求を拒《こば》むよう、親分に忠告したんじゃないかって疑ったようなんです。そればかりか、あっしが一味の金を独り占めしようと、密告したんじゃないかって……」

　当時の恐怖がよみがえったのか、銀次がぶるっと身震いした。

「でもさ、繁造はあんたが江戸で暮らしているって、わかっているのかな」

　剣之介が首をひねった。

「わかっていますよ」

　当然のように、銀次は言う。

「あっしらの稼業ではね、ほかの盗人の動きっていうのは、手に取るようにわかるもんなんですよ」

銀次の言葉を受け、山辺がうなった。

「蛇の道は蛇ということだな」

「そういうこって」

銀次はうなずいた。

「でもさ、こんな広い江戸だよ。そうそう見つかるとは思えないけどな」

「兄貴は執念深いんですよ。あっしが江戸にいるって知ったら、絶対、あっしを探しだしますよ」

ふたたび銀次は身体を震わせた。

「そんなに執念深いのか。なるほど、黒蛇ってふたつ名がついたはずだ」

剣之介は感心した。

「ともかく、繁造を見かけたらすぐに教えてくれ」

山辺が言うと、

「そうしてえんですけど、その前にあっしは殺されてしまいますって」

銀次は肩を落とした。

「じゃあ、おれたちの役には立たないね」

そこで剣之介が、突き放したような物言いをした。

「そ、そんな……山辺の旦那、あっしを守ってくださいよ」

見捨てられては困るとばかりに、銀次が両手を合わせてきた。

山辺が答える前に、

「守るにしてもね、ずっとあんたの家に張りこんだり、寝泊りするわけにはいかないっすよ」

「それはそうですけど」

声をしぼませる銀次に、

「そんなに繁造が怖いならさ、先手を打てばいいじゃないの。こそこそ隠れているんじゃなくって、繁造をおびきだすとか、繁造のひそんでいそうなところを探るとかさ、自分から動かなきゃ」

剣之介らしい無遠慮さで励ました。

「そ、そうですね」

銀次は力なく答えた。

「繁造の居場所、心あたりないか」

山辺が問いかけると、ややあって銀次は答えた。

「なくはねえですね」

「どこだ」

「いや、それは待ってください。同心の旦那方がうろうろしているのを見られたら、感づかれてしまいます」

銀次の危惧《きぐ》に、山辺は苦渋《くじゅう》の顔をした。

そんな山辺とは対照的に、剣之介の表情は明るい。

「じゃあさ、おれが一緒に行くよ」

「ええ、佐治の旦那が」

銀次は戸惑った。

「おれはさ、つい一年前までは、やくざ同然の暮らしをしていたんだ。金貸しの手先もやっていてさ。同心に見られないように動くのは、お手のものだよ」

剣之介の言葉を受け、いつもは止める山辺も、一理あると思ったようだ。

「そうだな、佐治に任せてみるか」

三

数日後、剣之介は銀次とともに、谷中《やなか》にやってきた。

ここに、繁造が行きつけの岡場所があるそうだ。

「だけど、三年も経っているんだろう」

剣之介は訝《いぶか》しんだ。

「まあ、そうですけど」

「馴染《なじ》みの女がいたのかい」

「そうなんですよ」

言って、銀次は岡場所へ入っていったが、すぐに戻ってきた。

「もう、身請けされてましたよ」

あっさりと銀次は諦《あきら》めた。

「そうかい。ほかにあてはないの」

「賭場《とば》ですね」

この近くにあると、銀次は剣之介を案内した。

近くの寺で賭場は開かれていた。三年前、繁造はこの賭場でよく遊んでいたのだとか。

「よし、遊ぶか」

剣之介は手馴れた様子で帳場に行き、十両分の札を交換した。銀次も一両だけ、駒《こま》に変える。

賭場に入ると、銀次はきょろきょろとあたりを見まわした。

「そんな、おおげさな動きをするとさ、変に思われるよ」

剣之介が諫めると、

「すんません」

と、謝ってから、繁造の姿がないことを伝えた。

「せっかくだからさ、博打《ばくち》をやりながら待っていようか。と言っても、来るかどうかわからないけどね」

役目とは思えぬ楽そうな表情で、剣之介は丁半《ちょうはん》博打をはじめた。もとはかたぎではない銀次も、いつしか夢中になっていた。

勝ったり負けたりを繰り返し、一時ほどが過ぎた。

すると、

「ああ、あいつです」

はっとした表情の銀次が、一方を指差してから、あわててうつむいた。

繁造は、六尺ほどでがっしりとした身体つき、眼光鋭く、いかつい顔をした男であった。真っ黒に日焼けしたさまは、まさにふたつ名の黒蛇である。

「なるほど、悪そうな男だな」

剣之介はうなずいた。

「あっしは、ちょっと厠《かわや》へでも行ってきますよ」

繁造に見つからないよう、銀次はこそこそと賭場を抜けだした。

そのまま剣之介は、しばらく繁造の様子をうかがった。

繁造は大きな身体同様に態度もでかく、

「どけ」

と、二、三人の客をどかせて隙間《すきま》を作り、そこにどっかと腰をおろした。

それから大声で、丁だの半だのと言いたてながら駒を置いていった。賭《か》けの金額も大きい。勝っても負けても、文句を言うこともなく平然としていた。

やはり、大盗人の威厳のようなものを漂わせていた。

威張るだけでなく、酒も頼んで、賭場の者たちにも振る舞った。

剣之介は声をかける機会をうかがった。

この場で捕縛《ほばく》するか。それとも、盗人仲間をつりだすために泳がせるか。

泳がせるにしても、繁造の住まいを確かめなければならない。

剣之介は五合徳利《とっくり》を持ち、繁造の隣へとやってきた。

酒が切れて替わりを頼もうとした瞬間、

「一杯どうだ」

剣之介は五合徳利を向けた。

「ええ」

きょとんとなって、繁造が見返す。

「一杯、やってくれよ」

なおも剣之介に勧められると、

「こりゃ、すまねえな」

繁造は酌《しゃく》を受けた。

「調子どうだい」

「まあまあだ」

「ずいぶんと手馴れているようだけど、この賭場にはよく出入りするのかい」

「まあ、ときどきな。おめえは見ねえ顔だな。おっと、ため口をきいたんじゃ、失礼か。おめえ、侍だろう」

「侍でも、浪人さ。だから気を遣わないでくれよ。おれも、そのほうが気が楽だからな。いまは食い詰めていてさ、この賭場に来たっていうのも、用心棒の口でもないかって下心があってのことさ。おれは、佐治だ。佐治剣之介っていう、けちな浪人だよ」

「用心棒かい。そんなら、腕には覚えがあるんだろうな。おらあ、繁造だ。見てのとおりの遊び人だ」

「喧嘩《けんか》、強そうだな」

「まあ、喧嘩で負けたことはねえよ。あんたも剣の腕は立ちそうだ」

「おれも、剣で負けたことはないよ。名前も剣之介だしな」

剣之介は、にんまりとした。

「ところがあいにくだな。この賭場には用心棒が何人もいるし、それにな、この賭場自体、谷中の寺の坊主どもが、よく出入りしているんだよ。だから、町方も踏みこまないいってわけだ。物騒な刃傷騒ぎなぞ、まず起きないだろうよ」

繁造の言葉に、剣之介は苦笑を見せた。

「なんだ、そうか。それはとんだ見こみ違いだな」

「ま、適当に遊んで、帰るこったな」

勝っているせいか、繁造は機嫌よく忠告した。

「わかったよ」

剣之介は右手を振って離れていった。そのまま厠へ行き、賭場から出る。

すると、そこで銀次が待っていた。

「繁造の奴、機嫌がよかったぞ」

「繁造兄貴は気まぐれなんですよ。さっきまで上機嫌だと思ったら、ちょっと気に入らないことがあると、荒れに荒れて、そばにいる者を誰彼かまわず、ぶん殴ってましたからね」

銀次は首をすくめた。

すると、銀次の言葉を裏づけるように、

「おい、酒が遅えじゃねえか」

繁造の怒鳴り声が聞こえてきた。

剣之介が賭場をちらりと覗《のぞ》きこむと、

「客人、どうもすみませんね」

賭場の人間が、詫《わ》びながら酒を持ってきたところだった。

「舐《な》めるんじゃねえぞ」

だが、繁造はいきなり怒鳴ると、酒を持ってきた男の顔面を殴った。

男は吹っ飛んだが、それでも他の賭場の人間はなにも言わない。

よほど、恐れられているようだ。

「触らぬ繁造さまに祟《たた》りなしってことだね」

剣之介は愉快そうに言った。

「とにかく、兄貴は三年前と、ちっとも変わっていないってことだよ」

銀次はぶるっと震えた。

「さて、どうするかな」

剣之介は腕を組んだ。

「すぐに、お縄にしてくださいよ」

「こっちとしてはさ、子分たちも一網打尽《いちもうだじん》にしたいし、奪った金の回収もしたいんだよね」

「その気持ちはわかりますけど」

「繁造の奴、仮にお縄にしたところで、素直に奪った金のありかを白状しないんじゃないかな」

「兄貴はたとえ拷問《ごうもん》にかけられたって、白状しませんよ。きっと、墓場まで持っていくに違いありませんや」

「ということは、できれば繁造に、金のありかまで案内させないと」

「そんなことできませんってば」

銀次は大きくかぶりを振った。

「やってみるさ」

「どうするんですよ」

「もぐりこむ」

剣之介は言った。

「危ないですよ。なにを考えているんですか」

「まあ、物陰にでも隠れて見ていなよ。決して姿を見せるんじゃないよ」

楽しそうに両手をこすり合わせた剣之介は、次いで賭場に戻ると、

「なんだか、おかしいぞ」

と、大きな声を出した。

賭場の視線が集まる。

「いかさまでもやっているんじゃないのかな」

いきなり剣之介は毒づいた。

すると、賭場を仕切る組の子分たちが、剣之介の前に寄ってきた。

「客人、妙な綾《あや》をつけてもらっちゃあ、困るな」

「こっちだってさ、いかさま博打で金をすってしまって、困ってるんだよ」

とぼけた口調で剣之介は返す。

「あんた、いいかげんにしなよ」

子分たちが囲む。

「そっちこそ、いいかげんにしなよ。いかさまはよくないよ」

「……舐めやがって」

いっせいに子分たちが殴りかかってきた。

剣之介は拳《こぶし》を振りあげ、男たちを蹴散らしていく。

「さあて、帰るよ」

ひと暴れして、子分たちを倒してしまうと、剣之介は悠々《ゆうゆう》と賭場をあとにした。

しばらく道を歩く。

すると、野原に至ったところで、目つきの悪い男たちがどやどやと姿を現した。いきなり匕首《あいくち》や長脇差《ながわきざし》を抜き、問答無用で斬りかかってくる。

剣之介は両足を踏ん張り、長ドスを抜くと、あっという間に敵の刃を受け止め、たちまちにして追い散らしてしまった。

四

「見事だぜ」

物陰から、繁造がぬっと現れた。

「なんだよ、あんたの子分か」

剣之介は冷笑を放った。

「悪かったな。腕を見させてもらった」

「見てどうするんだよ」

「おれの仲間に加わらないか、と思ってな。あんたみたいに腕の立つ侍を探していたんだ」

「どうしてだ。盗人働きでもするか」

「そういうことだ」

繁造は真顔でうなずいた。

「おれみたいな剣しか遣えぬ者を仲間に加えるっていうと、相当に大がかりで危険な盗みなんだろうな」

「まあ、そうだな」

繁造は言った。

剣之介はまじまじと繁造を見返し、

「あんた、盗人だったんだな」

「ああ、こう言っちゃあなんだが、ちっとは知られた盗人だ」

「へえ、盗人にも花形役者がいるのか」

「まあな」

繁造は胸を張ってみせた。

「そりゃ、すげえや」

おおげさに驚く剣之介に、繁造は気分をよくしたようだ。

「だからよ、仲間に加われ」

「もちろん、金は弾んでくれるよな」

「盗み取った金の三割をやるぜ」

「千両で三百両か。そいつはすげえ」

「仲間に加わるんだな。よし、まずは取っときな」

繁造は財布から小判を十枚抜き取り、剣之介に差しだした。

「遠慮なくいただくぜ」

なんの躊躇もなく受け取る剣之介に、繁造が尋ねる。

「あ、そうだ、あんた名前はなんだったかな」

「佐治だよ」

「佐治さんな。おれは繁造、黒蛇の繁造って盗人連中からは呼ばれているぜ」

「黒蛇か。いいふたつ名だな。わかった。で、どうすりゃいいんだ。あんたのねぐらに行けばいいのかい」

「いや、連絡するから待ってな」

「そう言われても、どうすりゃいいんだ」

「谷中門前の矢場に、顔を出してくんな。昼の九つくらいだ。そうすりゃ、わかるようにしておく」

「わかったぜ」

剣之介は了承した。

繁造と別れてから、剣之介は上野に出た。

そこの縄暖簾で、山辺と銀次が待っていた。

「繁造と接触したのだな」

山辺が問いかけてきた。ある程度のところまでは、銀次が物陰から見届けていたのだろう。

「ああ、仲間に加わることにしたよ。それで、まずはこれだけくれた」

剣之介は十両を示した。

銀次は目を見張り、

「佐治さん、よっぽど兄貴に見こまれたんだな」

「盗んで奪った金の三割をくれるってさ。おれ、火盗改を辞めて、本当に黒蛇一味になろうかな」

「馬鹿、冗談でもそんなことを言うな」

剣之介の軽口に、山辺は真顔で怒った。

「洒落《しゃれ》が通じないね、おっさんは」

剣之介は右手をひらひらと振った。銀次は複雑な顔をしている。

「おまえが言うと冗談に聞こえん。それで、繁造のねぐらは確かめたのか」

むすっとした山辺が尋ねた。

「それがさ、繁造の奴、ねぐらを教えないんだ」

「慎重だな」

山辺の言葉に、

「兄貴は誰も信用しないんですよ」

銀次が答えた。

「まさしく、そんな奴に見えたよ」

剣之介は、谷中門前の矢場で繁造の連絡を待つことになった、と言い添えた。

「ならば、矢場を張りこむか」

山辺が言うと、

「やめてくれよ」

剣之介はすぐに申し出を断った。

「だけどな」

「いいってこと」

なおも躊躇う山辺に、剣之介は強く言いきった。

そこで銀次が恐るおそる、口をはさんだ。

「あの、すぐにでも兄貴を捕縛してくれませんかね」

「だからさ、繁造だけ捕縛しても面白くないって。それに、今回は盗まれた金を、どうしても取り返したいんだよ。ねえ、おっさん」

剣之介の言葉に、山辺は深くうなずいた。

「そうですか」

銀次はうなだれた。

「銀次さんさ、どうしてそんなに心配なの」

「ですから、兄貴はあっしが裏切り者だって思っているからですよ」

銀次は身を震わせた。

「それは聞いたけどさ……」

銀次はここで口を閉ざし、そわそわとしはじめた。

「どうした」

山辺が尋ねると、

「あっしはこれで失礼します」

くれぐれもよろしくお願いします、と強い口調で言い残し、銀次は店から出ていった。

「なんだか、妙だね」

銀次の出ていった戸口を見つめつつ、剣之介は言った。

「なにがだ」

すでに酒がまわりはじめたのか、山辺の目元がほんのりと赤らんでいた。

「銀次だよ」

「銀次のどこが変なんだ」

呂律《ろれつ》が怪しくなっていたが、山辺は酒の替わりを頼んだ。

「なにかを隠しているね、おっさん、そう思わないかい」

剣之介の言葉にも、

「なにを隠しているんだ」

山辺は繰り返すばかりだ。

剣之介はうんざり顔で、

「だからさ、それがわからないから、なにか隠しているって疑っているんだよ」

「あ、そうか……」

「練達の同心の山辺左衛門さんならさ、勘《かん》が働くんじゃないかって思ったんだけどね」

「そうさなあ」

剣之介の言葉には、若干《じゃっかん》の揶揄《やゆ》がこめられていたが、山辺はそれにも気づかずに腕を組み、斜め上を見あげ、眉間《みけん》に皺《しわ》を刻んで思案をはじめた。

その鋭い眼光は、いかにも練達の同心らしい輝きを見せた。

「お待ちどおさま」

だが、女中が酒の替わりを運んでくると、

「おお、すまんな」

たちまちにして相好《そうごう》を崩して受け取り、何事もなかったかのように酒を飲みはじめた。

「駄目だ」

剣之介は舌打ちして、猪口を飲みはじめた。

雨がしとしとと降ってきた。

——銀次は、なにかを隠している。ひょっとして、本当に裏切った……投げ文の密告をしたのは、銀次なのではないか。

だからこそ、あんなにも繁造を恐れているのではないか……。

雨音が静寂《せいじゃく》を際だたせている。

剣之介の脳裏に、気の弱そうな銀次の媚《こ》びるような面差しが、浮かんでは消えた。

銀次は火盗改を利用して、繁造を捕縛させようとしているのではないか。

そんな銀次への疑念は、酒の酔いによって深まってゆく。

「酒だ、酒をくれ」

いつになく苛《いら》だった気分で、剣之介は酒の替わりを頼んだ。

すると、

「おまえ、銀次を疑っているな」

山辺が銚子《ちょうし》を向けてきた。

酔いで顔を真っ赤にしているが、目つきは真剣そのものだった。

はっとした。

山辺の意外な顔を見た気がした。

「ああ、疑っている。たれこんだのは銀次で、銀次は仲間を売った。それで、あんなにも繁造を恐れているってな」

猪口で酒を受けた。

するとと山辺は、首を左右に振った。

「違うのかい」

むっとして言い返したところで、女中が酒の替わりを運んできた。

「たしかに三年前の投げ文で、わしらは久蔵一味の隠れ家を知り、一味を捕縛して、斬り捨てた。それでな、銀次のことも十分に調べたのだ」

そのとき山辺も、銀次が密告をしたのではないかという疑念を抱いたそうだ。

「だがな、調べれば調べるほど、違うと確信した。あいつは見たとおりの気の小さな男だ。とても仲間を売るなんて度胸はない。それにな、金もたいして持っていなかったんだ。仲間を売るということは、金を独り占めにしたいからだろう。なのに、あいつは金を持っていなかった」

山辺の言葉に、剣之介はうなずいた。

「なるほどね」

「納得できたか」

「納得しなきゃいけないんだろうけどね」

剣之介は首をひねった。

「まだ、引っかかるのか。わしらの探索が足りなかったということか」

「うん」

「どうしてだ」

「金の面ではそうかもしれないけどさ、裏切るってことはさ、金だけとはかぎらないからね」

「そうか」

山辺は考えこんだ。

「おっさんさ、もう一度、銀次のこと、調べたほうがいいと思うよ」

「わしの探索がなってないと言いたいのか」

怒りだした山辺を、

「ちょっと、ちょっと、悪酔いはいけないよ」

いなすように剣之介は言った。

「うるさい、若造が」

「そうだよ、おれは若造だ」

「新米」

「新米というのはどうかな、なんだかんだで、もう一年くらい火盗改の同心をやっているんだよ」

「ふん、まだまだひよっこだ。おまえなんか」

山辺は声を荒らげた。

「まったく、これだから酔っ払いはいやだよ。ねえ」

剣之介は、女中に賛同を求めた。

女中は困ったような顔で、奥へと引っこんだ。

「じゃあね」

剣之介は立ちあがった。

「なんだ、帰るのか」

「帰るよ」

「どうしてだ」

「どうしてって、もう遅いからだよ」

「まだ、話は終わっておらんぞ」

酔っ払いの常、山辺はしつこい。

「なら、続きは明日」

剣之介はいっこうに気にすることなく、しゃあしゃあと右手を振って店から出ていった。

五

あくる日、剣之介は谷中の門前町にある矢場へとやってきた。

中を見渡すが、特別怪しい者はいない。

矢場の女から矢を受け取り、とりあえずは的に向かって射た。

「あた～り」

太鼓《たいこ》が打ち鳴らされる。

嬉《うれ》しくもない。

退屈なかぎりである。

すると、女から書付を手渡された。広げると、地蔵の前に夜五つに来い、とだけあった。

「面白くなってきたぞ」

喜ぶ剣之介とは対照的に、そのころ山辺は、浮かない顔で通りを歩いていた。

二日酔いで胸焼けがし、頭痛がするのだが、それ以上に剣之介の言ったことが気にかかる。自分をなじったのは置いておくとして、銀次に対する疑念が気にかかるのだ。

金目的ではない理由で、仲間を売ったかもしれない、と剣之介は言った。

「生意気な」

いったんは否定したものの、疑念が胸をつく。

金目的ではないとしたら……。

「女か」

銀次は、谷中の岡場所の女郎を身請けした。不人気な女郎とあって、身請け金は三十両だったという。

「三十両の身請け金か」

山辺はつぶやいた。

が、

「まことであったのだろうか」

すぐに確かめねば、と思った。

銀次の住まいは、上野黒門町《くろもんちょう》の小路を入った裏長屋にあった。木戸に掲げられた札を確かめ、山辺は路地を入っていった。

路地の中ほどで立ち止まり、腰高障子を叩いた。

「すまん、銀次はいるか」

すぐに腰高障子が開かれた。

女が顔を出した。

たしかにお世辞にも美人とは言えない。

「銀次はいないか」

山辺は火盗改の同心だと伝えた。女は峰と名乗った。身請けされた銀次の女房であろう。

「ああ、火盗改の旦那ですか」

銀次から聞いている、とお峰は山辺を迎え、茶を出した。

「旦那……亭主《ていしゅ》がお世話になっています」

お峰は挨拶《あいさつ》をした。あらためて見返すと、化粧《けしょう》けのない顔は下《しも》ぶくれ、おまけに太っている。銀次とお峰には悪いが、売れない女郎であったのも無理はない。

この女のために、仲間を裏切ったとは思えなかった。

「銀次はずいぶんと、おまえに惚《ほ》れこんでいたのだな」

茶を啜《すす》りながら、山辺は語りかけた。

「こんなへちゃむくれを身請けしてくれたんですからね。ほんと、ありがたいことですよ」

お峰は内職で生計を立てているそうだ。

「今日は銀次はどうした」

「ええ、なんでも、盗人連中の溜《た》まり場になっているって盛り場をまわってくるって、出かけましたよ」

火盗改の密偵として、銀次は日々がんばっているようだった。

「このところ、銀次の様子でおかしなところはないか」

「ええ、とくには。と言いますか、旦那のお役に立ててるんだって、それはもう、大変に張りきっていますよ」

お峰も嬉しそうだ。

「あんまり無理しないでくれと言ってくれ」

山辺はそう言い残し、家を出た。

とくに変わった暮らしぶりではない。派手ではなく、むしろ貧しい生活だ。

身請けの金は、やはり盗人で得た金をこつこつと貯めていたのだろう。

「若造め」

考えすぎなんだ、と剣之介に言ってやりたかった。

繁造は誤解をしたまま、銀次を裏切り者と疑い、殺そうとするほど恨んでいるのだろうか。

まわりからすれば、裏切り者が誰であれ、いまさらどうでもいいことだが、当事者にとっては見過ごしにはできないに違いない。


その足で山辺は、池之端の盛り場に顔を出した。

岡場所が軒を連ね、賑《にぎ》わいを見せている……と言いたいところだが、昨今《さっこん》の贅沢《ぜいたく》華美を取り締まるご時世とあって、客足も少ない。だが、人の欲望に歯止めはかけられない。

表向きは、まことの料理屋を装っていても、じつは女郎屋という店も数多い。

だが、火盗改の立場としては、盛り場の取り締まりなど関係がない。盗人が逃げこんだのならば、そこに踏みこむだけである。

とりあえずは茶でも飲もうかと、通りをぶらついた。

すると、矢場で銀次が遊んでいるのが見えた。

「よお」

山辺が声をかける。

「こりゃ、旦那」

銀次は挨拶をした。

「いま、女房に会ってきたぞ」

「へえ、そうですかい。気だけはいい女ですんでね」

銀次は照れ笑いを浮かべた。

「そうだな、いかにも気立てのいい女だ」

「旦那、どうしたんですか。あっしに用事があったんですか」

「まあな。ちょっと茶でも飲みながら、話そうか」

山辺の誘いで、ふたりは茶店に入った。

「なんでも聞いてくださいよ」

「おまえが繁造を怖がる、本当の理由なのだが」

おもむろに山辺は切りだした。

「ええ、だって、そりゃ、旦那にも言いましたよね」

「裏切り者と疑われていることか」

「そうですよ」

銀次は目を白黒させた。

「しかしなあ、まことか、それだけなのか」

山辺は銀次の目を見て問いかけた。

「そ、そうですよ」

銀次の目が泳いだ。

それから、言葉足らずと思ったのか、

「ほかになにかあるっていうんですか」

逆に問いかけてきた。

「それを尋ねておるのだ。まこと、繁造はおまえを疑っておるのだろうか。いや、わしはおまえが嘘《うそ》をついていると申しておるのではない。おまえが取り越し苦労をしておるのではないかと、心配しておるのだ」

山辺は言った。

「勘繰《かんぐ》りすぎだっておっしゃるんですか。旦那、ひょっとして、あっしが火盗改の密偵になりたくって、その口実に作り話をしたって、お疑いなんですか」

銀次は上目遣いしながら、険《けわ》しい目をした。

「そうではない。そんなことは思っておらん。だがな、わしを信じて本当のことを言ってくれぬか」

山辺らしい情のこもった物言いをした。

銀次は黙りこんだ。

「話してくれぬか」

山辺の再度の問いかけに、

「旦那、お峰に会ったんですよね」

「ああ、会った」

「どう思いましたか」

「だから、申したではないか。気立てのよい女房だと」

「そう思いましたか」

「違うのか」

山辺は訝しんだ。

六

「お峰は、旦那が見たとおりの女なんですよ。なんせ、三十両なんて金で身請けできるくらいですからね。それでも、長い間、誰にも身請けされませんでした。ところが、お峰を身請けしようって酔狂《すいきょう》な男が、ふたり出てきたんです」

「ふたり……おまえともうひとり……そうか、繁造が」

山辺はうなずいた。

「兄貴は、お峰にぞっこんでした。それで身請けしようと思っていたんです。ですがね、お峰は兄貴を恐れていた。身請け話が出たときから、あっしに先に身請けしてくれって頼んできやがって」

「それで、火盗改にたれこんだのか」

「ですから、あっしじゃありませんよ」

銀次はどうしても認めようとはしなかった。

「お峰に惚れていましたんでね、願いをかなえてやりたかった。お峰の身請けは、あっしの願いでもありましたんで。でも、とっても、そんなことはできねえ。兄貴の目を盗んで、あっしが身請けするなんて、できるわけがねえんですよ」

さんざん苦悩していたとき、降って湧《わ》いたような密告による一味の捕縛、繁造は捕縛こそされなかったが、行方をくらました。

「あっしは旦那のおかげで、百叩きでお解き放ちになりましたんでね。お峰を身請けすることができたんです」

「そうか、ともかくおまえは無事、お峰を身請けできたが、いまになって繁造が江戸に戻ってきてしまった。お峰を身請けしたことを知れば、おまえは殺されると踏んだわけだな」

「おっしゃるとおりです」

銀次は頭を垂れた。

「わかった。よく腹を割ってくれたな」

あらためて山辺は、繁造一味の捕縛を誓《ちか》った。

剣之介は山辺には相談せず、ひとりで指定された谷中の地蔵前へと向かった。

月は分厚い雲で隠されているため、闇夜《やみよ》である。木枯《こが》らしが吹きすさび、襟元に忍び入ってくる。

地蔵の陰から、

「よく来たな」

と、繁造が姿を現した。

「ああ、来たぞ。で、さっそく盗みを働くのかい」

剣之介の言葉に、繁造は薄笑いを浮かべた。

「まあ、そう焦《あせ》るなよ」

「襲う場所だけでも教えてくれ」

「この近くの炭問屋だ。上州屋《じょうしゅうや》っていう。いま、手下が様子見に行っているから、帰ってくるまで待っていようぜ」

繁造は、地蔵の背後にある閻魔堂《えんまどう》へと入っていった。

そこで五合徳利を手に、あぐらをかいた。剣之介も座って、寒い夜は酒で身体を温めるにかぎると飲みはじめる。

「繁造さん、あんた、盗みで相当、稼いだんだろうな」

「まあな」

「どれくらいだよ」

「そんなことよさねえか」

「いいじゃない、教えてよ。おれだって仕事前に、大金を稼ぐ夢のひとつも見させてもらいたいのさ」

「そうか、なら教えてやるよ。ま、ざっと五千両だな」

自慢げに繁造は言った。

「そいつはすげえ、おれ、がんばるよ」

剣之介は満面の笑みを浮かべた。

「ああ、期待しているぜ」

「ところでさ、そんな大金、なんに使うんだよ」

「さあてな」

繁造は顎《あご》を掻いた。

「なにか商売でもやらないかい」

剣之介の提案に、

「そりゃ、おれも考えたさ。だけど、商《あきな》いなんて、おれはやったことがないからな。物心ついたときには盗みを働き、家を飛びだしてお頭に拾われてからは、盗人稼業ひと筋だ」

「それでも、案外とやってみたらうまくいくかもしれないよ。失敗したって、五千両もあれば、首をくることもないだろうしさ。でも、呉服屋とか小間物屋っていうのは、あんたには向いていないな」

「米屋とか油屋も駄目だな。材木屋は、新規の参入はできねえ」

酔いがまわったのか、繁造は饒舌《じょうぜつ》になった。

「あんた、手下いるんだろう」

「ああ、十人ばかりな」

「みな、盗みを働くくらいだから、そこそこ腕っぷしもあるんだろう。喧嘩慣れもしているだろう。ま、おれに斬りかかってきた連中はたいしたことないけど、それでも素人《しろうと》相手なら不足はないよ」

「喧嘩はそこそこでも、あいつらも商いなんてできやしねえよ。まっとうに生きられないから、盗みを働いてやがるんだぜ」

繁造はうそぶいた。

「それでもさ、そんな連中を使ってできる商いがあるよ」

「なんだ」

「女郎屋だよ。手下を男衆にすればいいじゃない」

「……女郎屋か……そうだな」

「女郎屋を繁盛させるにはさ、いい女をごっそり集めてさ」

剣之介の言葉に、繁造はくすりと笑った。

「どうしたんだよ」

「いい女って言えばな、おれはどうも女についちゃあ、ほかの男たちと違った趣味なようなんだ」

「へえ、そうかい」

「おれが惚れるのは、お多福《たふく》って言うかな……誰もが選ばないような女を好むんだよ」

繁造は照れ笑いを浮かべた。

「蓼食《たでく》う虫も好き好きってことか」

剣之介の言葉に、

「違いねえや」

繁造も大笑いした。

実際、賭場で横に侍らせていた女は、肥え太っていて力士のようだった。

「でもさ、あんたと同じ好みの男だって、世の中にはいるだろうさ。だから、いっそのこと、太って見た目がよくない女を格子に並べておくんだよ」

「なるほど、そりゃ面白いかもな」

繁造は手を叩いて喜んだ。

そこへ、

「頭、入ります」

ひとりの手下が入ってきた。

「準備はできたか」

繁造の問いかけに、手下は絵図面を広げた。そこには、これから襲う炭問屋が描いてあった。

「土蔵が三つあります」

と、手下は裏庭にある三つの土蔵を指し示した。

「金はどこだ」

繁造の問いかけに、

「この三つのなかにはありませんでね、ここに」

と、物置小屋を示した。

「なるほど、こんなところに隠していやがるのか。上州屋め、知恵を使っていやがるんだろうがな、そうはいかねえってことだぜ」

繁造はにんまりとした。

「この近くには自身番がありますから、急いでやらねえといけませんや」

なるほど、自身番は上州屋から、ほんの目と鼻の先である。

「そうだな。じゃあ、まずは自身番を襲うか」

楽しげに繁造は言うと、手下はのけぞった。

「そりゃ、すげえや」

「自身番の奴らなんか、この佐治さんが、あっという間にやっつけてくれるさ」

繁造に言われ、

「任せてくれよ」

剣之介はさらりと言ってのけた。

「よし、行くか。おまえら、上州屋の近くに詰めておけよ」

「へい」

手下は現場に戻ろうとして、

「あ、そうそう。お峰のことですがね。わかりましたよ」

と、立ち止まった。

「馬鹿野郎、さっさと報告しねえか」

怒鳴りはしたが、繁造は表情をゆるませた。

「それがですよ、お峰は銀次のもとにいるようなんです」

「銀次……」

繁造は舌打ちをした。

「銀次の奴、お頭の目を盗んで、お峰を身請けしていやがったんですよ」

手下の言葉で、繁造は憤《いきどお》った。

「野郎、許せねえ。それで、どこにいるんだ」

「黒門町の長屋に住んでいますぜ」

手下は手分けして岡場所などで聞きこみ、行方を追ったのだという。

「よし、すぐにでも取り戻してやる。ついでに銀次の野郎はぶっ殺してやるぜ」

歯軋《はぎし》りして悔しがる繁造に、

「女をとられたのは悔しいだろうけどさ、押しこみはどうすんのよ、やめるの」

しれっと剣之介が問いかけた。

七

「いや……」

繁造は逸《はや》る気持ちを落ち着かせるため、深呼吸をした。それから酒を、ぐいっとあおった。

「今夜は上州屋を襲う。お峰を取り返すのは明日だ」

決然と繁造は言うや、立ちあがった。


剣之介は繁造とともに、上州屋の裏手にやってきた。

闇のなかから、手下たちが現れた。剣之介はすばやく人数を数える。

繁造を含めて、十一人。上州屋は雨戸が閉じられ、闇のなかにあった。野良犬の鳴き声が静寂《せいじゃく》を際だたせている。

「なら、佐治さん、自身番のほうは頼んだぜ」

「任してくれ。あんたのほうも抜かるんじゃないよ。女のことは、ひとまず頭から追いだすんだよ」

剣之介は言った。

「わかっている。おれは、盗みでしくじったことはねえ」

繁造は豪語した。

「頼もしいね」

剣之介はにこりとすると、自身番へと向かった。


自身番に入ると、町役人たちがおやっとした顔を向けてくる。

「ご苦労さん、おれはね、火盗改の佐治剣之介っていうんだよ」

剣之介は茶飲み話でもするかのように語りかけた。

「はあ」

町役人は、間の抜けた返事を返した。

「この先にある上州屋さんにね、盗人一味が押し入るんだよ。だからさ、これから火盗改の屋敷に使いにいってくれるかい」

「ええ？」

町役人は顔を見あわせた。

「早くしないと、逃げちゃうよ」

剣之介は脅《おど》すような口調で言った。ひとりの町役人があわてて走りだした。

「じゃあ、さ、召し捕ってくるから。みんな、待っていてね」

物見遊山《ものみゆさん》にも出かけるような気楽さで、自身番を出ていった。


上州屋の裏木戸の前には大八車が用意され、ふたりの手下が立っている。

「しっかりな」

剣之介は声をかけ、ふたりに近づく。

ふたりも挨拶を返してきた。

すかさず剣之介は、ふたりの首筋に手刀を叩きこんだ。ふたりは声を立てることもなく失神《しっしん》した。そのままふたりを大八車に乗せる。

次いで、裏木戸から身を入れると、ふたりが固めていた。

「よお」

右手をあげ剣之介は近づくと、長ドスの鐺《こじり》をふたりの鳩尾《みぞおち》に突きだした。このふたりも言葉を発することなく、気を失った。剣之介はそのふたりも肩に担ぎ、大八車に乗せた。

庭を横切り、奥へと進む。

千両箱を抱えた手下が三人出てきた。

「こっちだ、こっちだ」

剣之介は三人を導いて、大八車まで連れていった。

三人は大八車に仲間が折り重なっているのを見て、

「なんだ」

「おいおい」

「こりゃいったい」

などと驚きの言葉をあげた。

「あんたらも乗りな」

剣之介は声をかけると、長ドスを抜いて首や眉間に峰打ちを食らわせた。

三人は千両箱を落とし、失神した。みたび大八車に折り重ねてから、裏木戸に戻った。

庭を進み、物置小屋に向かう。

繁造以下、四人が立っていた。その前に、店の主人や女房と思《おぼ》しき男女が座らされている。猿轡《さるぐつわ》をかまされて、後ろ手に縄で縛られていた。

おびえながら、うつむいている。

「早いな、さすがは、佐治さんだ」

繁造は言った。

「まあな。それより、鍵《かぎ》は店の主人から奪ったのかい」

「そういうこった。だから、もう用済みだ。あんたが始末してくれ」

「おれに殺《や》れって？　おれは汚《よご》れ仕事担当ってことか」

ちょっとすねたように剣之介が言うと、繁造は笑みを見せた。

「まあ、そう言うなよ、駄賃《だちん》は弾むからな」

「三割だぞ」

「わかっている」

剣之介はふたりの背後にまわった。

猿轡をかまされているため言葉にはなっていないが、主人夫婦は必死の形相《ぎょうそう》で命乞《いのちご》いをした。

「ところでさ、三千両はどこへ運ぶの」

気さくな調子で、繁造に問いかける。

「それはな」

「もう、ここまできたんだから教えてくれてもいいでしょう」

剣之介が言うと、

「さっきの閻魔堂の床下だよ」

しぶしぶと繁造は答えた。

「そうか、わかったよ。さて」

剣之介は抜刀した。

主人夫婦は目をむいた。

主人はもごもごと、口の中で舌を動かす。念仏を唱えているようだ。一方、女房のほうは目に大粒の涙を溜めている。

剣之介は長ドスを脇構えにして、主人と女房の背後に立つ。

「いくよ」

呑気《のんき》な声をかける。

と、長ドスを二度、振りおろした。

主人夫婦の首がぽとりと――。

落ちることはなく、

「あれ……」

主人が素《す》っ頓狂《とんきょう》な声をあげた。女房も驚きで口を半開きにしている。縄がばっさりと両断され、地べたに落ちた。

「お、おい」

繁造も戸惑ったが、

「てめえ、騙《だま》しやがったな」

咄嗟《とっさ》に剣之介の裏切りを悟り、憤怒《ふんぬ》の形相となった。

長ドスを振りかざし、

「てめえら、なにをぐずぐずしているんだ。やっちまえ」

手下たちを怒鳴りつけた。

はっとなった手下たちも匕首を持って、剣之介に向かってくる。

剣之介は朱色《しゆいろ》の鞘《さや》を左手に持ち、手下たちを打ち据《す》えながら、長ドスを繁造に突きつけた。

すでに手下たちは、地べたをのたくっている。

「しゃらくせえ」

自暴自棄《じぼうじき》となった繁造は、長ドスを振りまわした。

「ちょっとちょっと、どこに目をつけているの」

間を取り、剣之介はからかいの言葉を投げる。

怒りのあまり目を充血させた繁造は、

「野郎！　舐めやがって」

長ドスを握り直し、腰を落としてじわじわと剣之介に近づく。舌舐めずりする様子は、まさに黒蛇のふたつ名にふさわしい。

「へへへへ」

不気味な笑いを放ち、しゅうしゅうと小刻みに息を吐きながら、剣之介の前に近寄ると、

「食らえ！」

上半身を沈め、右手だけで長ドスを持ち、剣之介の脛《すね》を狙《ねら》って払い斬りを放った。

咄嗟に、剣之介は背後に飛ぶ。

小袖が翻《ひるがえ》り、夜風がびゅんと鳴った。

繁造は嬉々《きき》として剣之介の脛を狙い、何度も払い斬りをする。剣之介は背後に飛び続けたが、

「しつこいねえ、あんた。黒蛇って言われるだけあるよ」

皮肉《ひにく》な言葉を投げてから、

「そらよっと」

右足を突きだした。

雪駄《せった》が飛んだ。

そこへ、繁造が長ドスを向けてきたからたまらない。

顔面を雪駄が直撃し、さすがの黒蛇も怯《ひる》んだ。前のめりにつんのめってしまう。

そこへすかさず剣之介が、上から繁造の背中を踏みつけた。

「観念しな」

剣之介が野太い声で命じると、繁造はうなだれながら、

「あんた……何者だ」

「自己紹介が遅くなったな。火盗改の同心、佐治剣之介だよ」

「火盗改……」

うつ伏せになったまま、繁造は首をひねって剣之介を見あげた。

しげしげと眺《なが》めてから、

「火盗改もやるじゃねえか。あんたみてえな風変わりな男を同心にするとは。長谷川平蔵、伊達《だて》に鬼平って評判じゃねえな。佐治さんよ、お縄にしな」

と、観念した。

繁造たちを大八車に乗せ、自身番へと運んだ。町役人たちと一緒に、縄で縛りあげていく。

一時ほどしてから、火盗改の服部と前野が捕方を率いてやってきた。

「遅いよ」

剣之介が声をかけると、

「なんだ、こいつらは」

服部が目をむく。

「久蔵一味の残党……いや、もはや黒蛇の繁造一味だね」

さらりと剣之介は答えた。

「ええっ、黒蛇一味だと?」

服部と前野は顔を見あわせた。

「ぼけっとしていないでさ、火盗改の屋敷に連れていってよ」

剣之介はうながした。

「おまえはどうするのだ」

服部が問いかけると、

「繁造が奪った金を取り戻しにいきますよ」

剣之介は言うや、自身番から飛びだしていった。

八

ひとり閻魔堂に戻った剣之介は、手をこすりあわせながら、床下をはがそうとした。

しかし、

「あれ……」

床の羽目板《はめいた》が、すでにはがされている。

中を覗くと、土が掘り返されていた。千両箱がいくつか残っており、剣之介は床下におりて、中身を確かめた。

ふたつの千両箱は空だったが、残り三つには、小判が詰められている。

二千両が盗みだされたということだ。

「やられた」

剣之介は哄笑《こうしょう》を放った。

あくる日の朝、剣之介は山辺とともに、銀次の家へとやってきた。

「銀次」

山辺が腰高障子を叩《たた》くと、すぐに開いて、

「旦那《だんな》、大変だあ」

銀次が血相を変えて出てきた。

「おい、どうした」

「お峰が……お峰がいなくなってしまったんですよ。きっと、兄貴に連れ去られたに違いありませんや」

「落ち着け」

山辺が宥《なだ》める。

「助けてください。お峰を兄貴から取り戻してくださいよ。落ち着いてなんかいられませんや」

両手を合わせた銀次を横目に、山辺は剣之介を見やった。

剣之介は、銀次の肩をぽんぽんと叩き、

「お峰さんはね、繁造に連れ去られてなんかいないっすよ」

「どうして、そんなことが言えるんですよ。じゃあ、お峰は誰にかどわかされたんですか」

剣之介の胸ぐらをつかみかからんばかりの勢いで、がなりたてた。

剣之介は顔をしかめる。

「昨晩ね、おれが黒蛇の繁造とその一味を捕まえたんすよ。だからね、繁造がお峰さんをさらったわけじゃない」

「ええ……じゃ、誰が」

銀次は、ぽかんと口を半開きにした。

剣之介は二度、三度、首肯《しゅこう》し、

「どうやら、あんたも知らないようっすね。山辺のおっさん、銀次とお峰はぐるじゃないね。やっぱり、お峰ひとりの仕業だ」

「ど、どういうことですよ」

依然として、銀次は目を白黒とさせている。

「お峰はな、繁造が隠していた金のうち、二千両を持ち逃げしたんだよ」

しんみりとした口調で、山辺は語りかけた。

「お峰が……」

信じられない、と銀次は激しく首を横に振った。

「それが真実じゃよ。昨晩、繁造を捕縛《ほばく》した佐治は、金の隠し場所を調べた」

山辺の言葉を引き取って、

「谷中の閻魔堂の床下が掘り返されていてね、ふたつの千両箱が空だった。お峰さんが持ち逃げしたんだよ。ところで、お峰さん、昨晩はどうしていたの」

「七つ半頃、湯屋に行くって出ていったきり、戻ってこないんですよ」

「やっぱりな。お峰さんは、谷中の閻魔堂に向かったんだよ」

「そんな……そうと決まったわけじゃないですよ」

まだ銀次は納得できないようだ。

「湯屋なわけないじゃないか。いくら長湯好きだって、のぼせちまうよ」

「きっと、兄貴以外の誰かにかどわかされたんですよ」

「お峰は目立つよ。誰かがさらおうとしたら、人目につくさ。騒ぎにもならず、いまもって姿が見えないってことは、自分の意志でこの家から出ていったんだ」

「でも……」

「いいから、聞いて。繁造はお峰に惚れていた。火盗改に踏みこまれなけりゃ、身請けしていたはずだ。惚れたお峰に、盗み取った金のありかを教えていたとしても不思議はないさ。お峰さんは繁造が江戸に戻ってきたことを知り、いずれ、住まいが見つかると思った。怯えて、あんたに火盗改への助けを求めるよう頼んだんだろう」

「ええ、そりゃまあそうです。でも、山辺の旦那に助けを求めたのは、お峰ばかりか、あっしも兄貴が怖かったからですよ」

「あんたもだけど、お峰も繁造を怖がっていた。おれが繁造をお縄にすると知って、あんたもお峰も安心した。そして、お峰は安心しただけじゃなくって、繁造の金を奪おうと思い、こっから出ていったんだよ」

　剣之介はきっぱりと断定した。

　銀次は言葉をなくし、悄然《しょうぜん》として立ち尽くした。


　あくる日、川越宿《かわごえしゅく》で、お峰が宿場役人に捕縛された。剣之介が睨《にら》んだように、二千両を持っていた。

　宿場の役場に駆けつけると、剣之介と山辺の取調べには、素直に応じた。

　やはりお峰は繁造から、金のありかを聞いていたそうだ。

　銀次を捨てて逃げたのは、金に目が眩《くら》んだばかりではない。両親に金を届けるつもりだったと証言した。

銀次への想いは、決して嘘ではなかった。いずれ、銀次を上州に呼ぶつもりだった、とお峰は言った。

このお峰の言葉を、山辺は銀次に伝えた。

銀次は、お峰が罪を償うのを待つと、言った。

長谷川平蔵はお峰の所業を聞き、お峰が繁造から金を取り戻したのだと見なして、寛大《かんだい》な措置《そち》を取った。もちろん、お峰は二千両を返した。

結果的に、火盗改を煩《わずら》わせたという罪で、叱責《しっせき》を受けただけで解き放たれた。

帰ってきたお峰を、銀次は迎え入れた。

剣之介が耳にはさんだところでは、平蔵がお峰に寛大な処分をくだしたのは、三年前の投げ文の一件があったからだという。

密告は、繁造に身請けされるのを嫌った、お峰の仕業だったのだ。

第四話　跡目襲名

一

神無月《かんなづき》二十日の朝、剣之介は、江戸城清水御門外にある火盗改頭取・長谷川平蔵の屋敷を出た。手がかじかむほどの冷たい風に吹かれ、雲間から覗《のぞ》く日輪《にちりん》の日差しはなんとも弱々しい。

山辺左衛門は病欠だった。居れば小言を並べられて鬱陶《うっとう》しいが、居ないとなると、物足りなさを感じてしまう。

すると、

「剣さん」

柳の木陰《こかげ》から、正次郎が姿を現した。

「おお、正さん」

剣之介は右手をあげて挨拶《あいさつ》を送った。

正次郎は折り目正しく腰を折った。

「あんたさ、相変わらず陰気だよな。どうしたの」

剣之介は周囲を見まわした。

長谷川平蔵の屋敷近くではないほうがいいだろうと、剣之介は早足で歩いた。

正次郎も無言でついてきた。

右手に掛け茶屋が見えてきた。

「そこで、話を聞こうか」

剣之介は茶店に入ると縁台に腰かけ、正次郎に横に座るよううながした。

正次郎も腰をおろし、茶を頼んだ。

すかさず剣之介が、おしるこを注文した。

「どうしたの」

剣之介にうながされ、正次郎は向き直って言った。

「親分の娘がさらわれたんですよ」

「はあ……」

聞き間違いか、と剣之介は思った。

やくざの親分の娘をさらう馬鹿者がいるなど、信じられない。

「さらった奴は、あんたんところの親分の娘だとわかってやったのか」

「わかっています。さらったって、文《ふみ》を寄越しましたからね」

「娘っていうと、権蔵親分の歳からして、三十過ぎかい」

「いえ、五つですよ」

うつむきかげんに正次郎は答えた。

「あ、そうか、じゃあ、妾《めかけ》の子ってところかな」

「ま、そういうこって」

正次郎は、すみませんと詫《わ》びた。

「あんたが、詫びることじゃないよ」

正次郎は表情を固くしてうなずいた。

「それで、どういう状況なんだい」

剣之介の問いかけに、正次郎は居住まいを正した。

そこへ、おしるこが運ばれてきた。まずは食べてから聞こうかと、剣之介はおしるこを啜《すす》った。舌が焼けるような熱さと、口中いっぱいに広がる甘みがありがたい。かじかんだ手が温まり、身も心もほっこりとした。

正次郎の表情もやわらかみを帯びた。

「一昨日の晩でした。お麦《むぎ》さん、あ、いや、親分が囲っていなさる女の人ですがね、そのお麦さんが風神一家に駆けこんできなさって。娘のお米《よね》ちゃんの行方がわからないと訴えたんです」

「母親が麦で娘が米かい」

剣之介は冗談混じりに返したが、正次郎がにこりともしないのを見て、すまないと悪ふざけを詫びた。

「それで、どうしたんすか」

「お米ちゃんのこと、親分は目に入れても痛くないってほどのかわいがりようでしてね。お麦さんの訴えを聞いて、気も動転して、あっしらが方々を探させたってわけでして」

お麦の家は浅草田原町《たわらまち》一丁目にあり、その周辺を一家総出で、お米探索に駆けずりまわった。

「結局、翌朝になっても、見つけだすことができませんで、昨日、あらためて探したんですがね。やっぱり見つからず仕舞いで……それで、昨日の夜でした」

一通の文が届いた。

そこには、お米はあずかった、返してほしかったら五百両を用意しろ、とあった。

「五百両ってさ、あんたんとこの一家にとっては大金なの」

「そりゃ、大金ですよ。いくら親分だって、はいどうぞ、とそろえられる金じゃござんせんや」

「そうなんだ。でも、用意するんでしょう」

「ええ、そりゃ、ひと粒種《つぶだね》の娘のためですからね」

「やくざでも、わが子はかわいいのかね」

「そりゃ、親は親ですからね」

「ま、それはいいとして、それで、身代金の受け渡しはどうなっているの」

「明日の明け六つ、向島の三囲稲荷《みめぐりいなり》まで持ってこいというんですよ」

「じゃあ、持っていけばいいっしょ」

そっけなく剣之介が言うと、

「それがですよ、下手人の文に、親分とあっしが持っていくのは駄目だって釘《くぎ》を刺してあるんです」

「じゃあ、下手人は、親分と正次郎さんの顔は知っているってことか」

「そうなんでしょうね」

「なら、子分をやればいいじゃない」

「それがですよ、情けない話なんですがね。子分たちはどいつもこいつも、頼りにならない奴ばかりで……」

正次郎は頭を搔《か》いた。

「じゃあ、奉行所に訴えればいいじゃないの……って、そういうわけにはいかないか。やくざが奉行所を頼んだんじゃや、面子《メンツ》が立たないものね」

剣之介はからからと笑った。

が、正次郎は笑っていないのに気づき、真顔になった。正次郎は真剣な眼差しで、剣之介を見ている。

「あ……まさか、おれを頼ってきたってこと」

「はい」

正次郎は頭をさげた。

「だけどおれ、たしかにはみだし者だけどさ、これでも火盗改の同心なんすよ」

「それはそうですが、佐治さんは、なんて申しましょうかね、あっしらやくざ者の気持ちもわかってくださる、人情の機微《きび》に長《た》けたお方と……あっしはもちろん、親分も大変に尊敬申しあげているんですよ」

「要するに、佐治剣之介はやくざみたいなもんだから、ほかの役人たちよりはましだってことだね」

けろりと剣之介は言った。

「ま、そういうこって」

申しわけなさそうに、正次郎は頭をさげた。

「やくざに見こまれて、喜んでいいのかな」

剣之介は頭を掻いた。

「もちろん、お礼はさせていただきます」

「それはあたりまえだけどさ。火盗改の先輩たちが聞いたら、烈火《れっか》のごとく怒るだろうね」

「やはり、火盗改に届けるんですか」

「届けてほしくないっしょ？　心配しなくてもいいよ、届けやしないから。それよりも、なんだか面白そうだねって……ったら顰蹙《ひんしゅく》を買うか……。よし、引き受けた」

台詞《せりふ》どおり、剣之介はあくまで興味本位に引き受けた。

「なら、さっそく、一家にお越しください」

　正次郎は立ちあがった。


　剣之介は正次郎とともに、浅草の風神一家へとやってきた。

　居間に入ると、いまや遅しと待っていたであろう権蔵が、

「これは、佐治さん。ようこそ、お引き受けくださいましたね」

と、手も取らんばかりの勢いで剣之介を迎えた。長火鉢《ながひばち》にかけられた鉄瓶《てつびん》が湯気を立て、ぐらぐらと茹《ゆ》だる湯音が、権蔵の苛《いら》だちを示しているようだ。

　権蔵の横に座っている女が、お麦のようだ。娘をさらわれたとあって憔悴《しょうすい》している。化粧《けしょう》けのない顔は狐顔《きつねがお》の美人だ。髪に刺した朱色《しゅいろ》の珠簪《たまかんざし》が艶《つや》っぽい。

「親分、今回はとんだことになったもんすね」

「面目《めんぼく》ねえこって」

　権蔵は面《おもて》を伏せた。

「話はだいたい、正さんから聞いたっすよ。五百両の身代金を要求されているんだってね」

「ええ……そうなんですよ」

「集まったの」

「それが……」

権蔵は正次郎を見た。

「上総屋《かずさや》の旦那、駄目だったんですか」

正次郎の問いかけに、

「ああ、それがな……」

上総屋というのは、浅草花川戸町にある米屋で、主人の孫六《まごろく》は権蔵と同じ上総出身、無類の博打《ばくち》好きともあって、長年にわたって懇意《こんい》にしている。

「孫六の奴、婿養子《むこようし》の情けなさだろうな。浮気がばれて、かみさんから灸《きゅう》を据《す》えられ、銭金がままにならねえんだと」

情けねえ野郎だ、と権蔵は繰り返した。

「するってえと、あと百両足りないってことですか」

正次郎の言葉に、権蔵はうなずく。

「下手人に事情を話して、負けてもらったらいいっすよ。おれが身代金を持っていったときに、下手人相手に値切ってやるよ」

いとも簡単に、剣之介は言ってのけた。

ここで黙っていたお麦が、

「駄目ですよ。身代金を値切ったら、相手は怒っちゃいますって。お米の身が心配ですよ。それに、風神一家の面子はどうなるんですか！」

すごい剣幕でまくしたてた。狐のように目をつりあげたお麦に気圧《けお》され、権蔵も首を二度、三度と振った。

「そうだな、お米が心配だ。正次郎、なんとかならねえか。昨日の賭場《とば》のあがりはどれくらいだ」

「このところ、奉行所の目が厳しいですからね、昨日は賭場は開帳していないんですよ」

「ああ、そうだったな。まったく、踏んだり蹴《け》ったりだ。そうだ、誓願堀の奴らからショバ代を取り立てろ。来年の分まで前払いをしろってな」

権蔵の言葉に、

「そりゃ、いくらなんでも通りませんぜ。そんなことをしたら、大勢が誓願堀から出ていきますよ。せっかく、閻魔一家から守ったんじゃありませんか。かたぎの衆に迷惑はかけられません」

かたぎの衆に迷惑はかけられない、という正次郎得意の主張に、権蔵もお麦も

苦い顔をした。それに対し剣之介は明るい表情で、

「そうだよ、おれだって、閻魔一家から誓願堀を守るために、命を張ったんだからね」

閻魔一家との共倒れを策したことなどなかったように、しれっと言葉を添えた。

「わかったわかった」

ふたりの意見を権蔵は受け入れ、万策尽きたように肩を落とした。

それを見た剣之介が、

「ひとつ、いい手があるっすよ」

と、言った。

二

「な、なんですよ」

権蔵がすがるような目を、剣之介に向けた。

「おれね、すぐに百両を融通《ゆうずう》してくれる金貸しを知っているんだ。頼んでやろうか」

「やくざ者にも貸してくれるんですよね」

おずおずと権蔵は確かめる。

「貸してくれるよ。ただし、高利だけどね」

剣之介の言葉にうなずき、

「高利っていいますと」

上目遣《うわめづか》いに権蔵は聞いてきた。

「一割だね」

さらりと剣之介が答えると、正次郎が目をむき、

「百両借りて、百十両にして返さないといけねえんですか」

「そういうことだよ」

権蔵が躊躇《ためら》いの素振《そぶ》りを見せると、

「あんた、お米の命がかかっているんだよ。百両足らなくて、死なせてしまってもいいの」

強くお麦にせっつかれ、権蔵は何度もうなずいた。

正次郎が剣之介に確かめる。

「もちろん、分割でいいんですよね」

「そうだね。ただまあ、十回払いが限度ってことかな」

剣之介の答えを受け、お麦が返した。

「十回だったら払えるわよ」

「そうだな。そうしてもらおうか。佐治さん、十回払いでお願いするよ」

権蔵の頼みを、剣之介は引き受けた。

これでお麦は満足すると思いきや、

「しかし、情けないねえ、おまえさん。天下の風神一家の親分がさ、百両をちまちまと月賦《げっぷ》で返すなんてさ」

権蔵をなじる始末だ。

権蔵はすっかり、若い妾の尻に敷かれているようだ。

正次郎はもどかしそうに唇を噛《か》んだ。それでも、強がるように権蔵は胸を叩いて言った。

「風神一家は発展するんだ。十回払いなんて言ってもな、なに、二回か三回で返してみせるよ」

「なにを根拠に、そんな大それたことを言うのさ」

「そのうち、わかるよ」

「ふん、強がっているだけでしょう。そんなら聞くけどね、あたしの月々のお手当て五十両さ、それはちゃんと払ってくれるよね」

こんなときでも、お麦は釘を刺した。

「だって、おめえ、それは……お米のために金を使うんだぞ。おめえ、少しは我慢するのが母親ってもんだろう」

「母親だから言っているのよ。お米がね、無事戻ってきたらさ、それから不自由なく暮らさせたいじゃないか。お米はやくざの囲われ女の娘だなんて、指差されて、まわりからいじめられたらどうするのさ。世間さまにも、ちゃんと顔向けができるような暮らしをさせたいんだよ。わかるかい、母親としての、あたしの気持ち」

切々《せつせつ》とお麦は自分の考えを訴えた。

「そりゃまあ、わかるよ」

権蔵は苦悩を深める。

そんなふたりの間に、正次郎が割って入った。

「お麦さん、お気持ちはよくわかりますが……まずは、お米ちゃんが無事に帰ることを願って、それからのことは、そのあとに思案するってことでどうでしょうね」

　お麦はきっとした顔で、

「代貸し、お言葉ですがね、あたしだって鬼じゃないんだ。でもね、女手ひとつで娘を育てるって大変なんだよ」

「だからって、五十両は必要ねえでしょう」

「だからさ、毎日の暮らしにはそんな大金はいらないよ。もっと、少ない金で暮らしていけるさ。でもさ、いつなんどき、どんなことが起きるかわからない。火事で燃えちまう。地震で家が潰《つぶ》れてしまう。そうならないとはかぎらないのさ。その日のために蓄《たくわ》えるってことが必要なんだよ。わかったかい」

　ああ言えばこう言う、お麦はまこと口達者であった。

　剣之介が手を叩き、

「じゃあさ、あと百両借りたらどうだよ」

　権蔵は首を縦に振り、

「そうだな、そうするか」

　しかし、正次郎は反対した。

「親分、今日はひとまず百両に止めておいたほうがいいですぜ」

権蔵は顔色をうかがうように、お麦を見た。お麦はそっぽを向いている。

「いや、二百両借りるか。十回払いにすりゃあ、二十両と利子分だ」

「ですが、一割ですよ」

正次郎が言うと、

「かまやしねえよ。いざとなったら、踏み倒しゃいいんだ」

やくざとはいえ、無責任極まりない権蔵の言動を、任俠道《にんきょうどう》に厚い正次郎が聞きすごすわけはなく、

「そりゃ、通りませんぜ」

厳しい表情と声音《こわね》で否定した。

「踏み倒しはしなくても、先に延ばし、金利はいらねえ元金だけでいいって、言わせればいいんだ。いくら強欲な高利貸しでもな、このおれさまがひと睨みしてやりゃ、びびって引きさがるさ」

権蔵は、がははと高笑いをした。

すると剣之介も調子を合わせるように笑ってから、

「そうはいかないよ」

ぴしゃりと権蔵に言った。

権蔵はきょとんとなって、

「ええ、どういうこってすか」

「あのね、その高利貸しの取り立て、とっても厳しいんだ。相手がやくざだろうが侍だろうが、容赦しない。地獄の鬼からだって取り立ててしまうんすよ」

「へえ、そりゃ、佐治さんが言うほどだから、骨のある奴なんだろうがね」

疑わしそうに権蔵が首をひねると、

「親分、ここはひとまず百両だけ借りることにしましょう。まずは、お米ちゃんを取り返すことですよ。あとの算段は、お米ちゃんが戻ってからで」

正次郎が諭《さと》すように言うと、権蔵もしぶしぶ納得した。

「そうだな、そうするか。なら、佐治さん、その高利貸しに百両を借りたいんだが、どうすりゃいいかな」

「おれに任せればいいよ。ちょっと、待っててくれな」

剣之介は腰をあげた。

外に出たところへ、正次郎が見送りにきた。

「剣さん、みっともねえところを見せちまって申しわけねえ」

「正さんさ、早いとこ、一家の跡目を取ったほうがいいよ。あんな親分じゃ、一家はもたない」

剣之介の無遠慮な物言いに、正次郎は苦渋《くじゅう》の表情である。

「あんたを責めるようで申しわけないが、ひとりの女も御《ぎょ》せられないんじゃ、この先、一家はふらふらするよ。子分たちや誓願堀の連中、それこそ正さんが言う、かたぎの衆に迷惑がかかるさ」

「親分は、ずっと子どもに恵まれませんでしたからね、それが、お麦さんに娘ができて、それで、嬉《うれ》しくてならないんですよ」

「だからって、妾の尻に敷かれていいもんじゃないいさ」

「まあ、そう言わねえでくだせい」

正次郎は軽く頭をさげた。

「わかったよ。ともかく、娘には罪がない。おれもひと肌脱いだからには、あとには引けないいさ」

剣之介は立ち去った。


その足で、上野の徒町にある自宅に戻った。

「なんだ」

音次郎は今日も、算盤玉《そろばんだま》を弾いている。

「よくまあ、飽きもせずに銭勘定ができるもんだよ」

「何度も申しておるだろう。銭儲《ぜにもう》けに飽きることはないと」

音次郎は言った。

「はいはい。それでさ、百両を借りたいって客がいるんだけど」

剣之介の言葉に、音次郎は表情を変えることなく、

「いつだ」

「今日だよ」

「緊急の場合は、信用できる相手か下調べせずに貸してやるのだからな。一割だぞ」

「承知のうえだよ」

「わかった。百両用立ててやる。どこだ」

「この近くの風神一家の権蔵だよ」

「やくざか。ま、いいだろう」

音次郎は苦い顔をして、案内しろ、と腰をあげようとした。それを制して、

「百両はおれが届けるからいいよ」

「ほう、そうか」

「ちゃんと、借用書も取ってくるよ。だからさ、権蔵が署名《しょめい》と印を捺《お》せばすむような、証文と百両を渡してくれ」

「そのほうが手間が省《はぶ》けていいな」

音次郎はさらさらと手慣れた様子で、筆を走らせた。そして、

「ちゃんと、署名と印を捺させろよ」

くどいくらいに釘を刺した。

「わかったよ」

剣之介は証文と百両を受け取り、風神一家へと戻った。


「たしかに」

権蔵は頭をさげてから証文に署名し、剣之介に手渡そうとして貸主を見て、

「佐治音次郎っておっしゃると」

「親父だよ」

剣之介は言った。

「ああ、そうですか。佐治さんの親父さん、金貸しを……なら、多少は融通がきくってもんですね」

媚《こ》びるような目を向けてきた。

「駄目だよ。親父は相手が鬼でも容赦しない。それにね、取り立て屋っていうのは、このおれなんだからさ」

剣之介は、自分の顔を指差した。

「えっ……佐治さんが……」

ぽかんと口を開けた権蔵を横目に、剣之介は晴れやかに言った。

「よし、これで五百両がそろったね」

三

あくる払暁《ふつぎょう》、剣之介は五百両を風呂敷に包んで、背中にくくりつけた。

「佐治さん、お願いします」

権蔵が深々と頭をさげた。

お麦もこのときばかりは、

「どうぞ、よろしくお願いします。お米をなんとしても取り返してください」

すがるような目で哀願《あいがん》した。

「任せてくれ」

剣之介が立ちあがると、正次郎が言った。

「三囲稲荷の周囲には、子分たちを張りこませます」

「よけいなことは、しないほうがいいんじゃないの」

剣之介の懸念《けねん》に、正次郎は断言する。

「絶対に気づかせないようにしますから」

「ほんとに、大丈夫かね。あんまり大勢で行くと、気づかれちまう。下手人は現場に現れないで、お米も帰ってこないよ」

お麦は身をよじらせ、心配だと繰り返した。権蔵はそれを見て、

「正次郎、おめえひとりでいいよ」

「ですが親分……相手はひとりとはかぎりませんぜ」

「いや、佐治さんと正次郎だったら、百人力だぜ」

お麦の顔色を見ながら、権蔵は言った。

それでも、お麦の危惧《きぐ》は去らないようだ。

「下手人は、代貸しが身代金を持ってきちゃいけないって言ってきたんだろ。だったら、代貸しの姿が見えたら、約束を違えたと思って、お米を返してくれないんじゃないかね」

「お麦さん、ちゃんと、わからねえようにしますから」

「ほんとによろしくね……ほんと……くれぐれも、よろしくね」

正次郎の自信に溢《あふ》れた言葉で、お麦はようよう納得したようだった。

朝靄《あさもや》が立ちこめ、身を切るような寒さのなか、剣之介は足早に進み、正次郎は手《て》拭《ぬぐ》いで頰被《ほおかぶ》りをして天秤棒《てんびんぼう》を担いでいる。納豆《なっとう》売りに扮《ふん》しているのだ。

ふたりは渡し舟に乗り、対岸に渡った。

桟橋《さんばし》で別れ、剣之介は三囲稲荷の鳥居《とりい》に立った。朝まだきとあって、人影はまばらである。朝靄が、すうっと晴れてゆく。

正次郎は堤《つつみ》の上を、天秤棒を担いで歩いていた。

周囲に広がる田畑の畦道《あぜみち》には、ひとけがない。

下手人が指定してきた刻限まで、剣之介はじっと立ち尽くす。まばらに通りすぎてゆくのは、行商人たちだ。

時をもてあまし剣之介はあぐらをかくと、煙管《きせる》を取りだした。火口《ほくち》から火をつけ、煙草《たばこ》を喫《きっ》した。白い煙が流れ消えてゆく。

すると、男が近づいてきた。

煙管を仕舞い、剣之介は立ちあがる。

男はものも言わず、書付を押しつけるように剣之介に渡すと、そのまま立ち去った。

——堤を一町くだった左手にある地蔵へ行け。

書付には、ひらがなでそう書いてあった。

ひどい字である。筆跡を誤魔化《ごまか》すために、左手で書いたのであろうか。それとも、もとよりへたくそなのであろうか。

ともかく、剣之介は指定された場所へと移動した。

大川《おおかわ》の川面には薄っすらと靄がかかっている。霜《しも》のおりた堤を歩くと、きゅっと鳴った。川風に晒《さら》され、寒さがいっそう募《つの》る。

風にまくれた黒紋付《くろもんつき》の真っ赤な裏地が、場違いに艶《あで》やかだ。

ちらっと横目に、正次郎を見た。正次郎はわずかにうなずき、剣之介の後方をついてくる。

地蔵が見えてきた。

剣之介は地蔵の前に立つ。

地蔵の脇《わき》に、紙が置いてあった。

拾いあげて目を通してみると、五百両を置き、風神一家に戻れ、戻らないとお米を殺す、とへたくそなひらがなで書いてあった。

お米の所在も、いつ返すとも、記されていない。

周囲を見まわすが人影はなく、隠れる場所もない。

下手人からも、剣之介の行動は丸見えかもしれない。金を置いて、下手人が現れるのを待ちかまえることはできないだろう。

下手人は、あえて見通しのいい場所を選んだのだ。

「しょうがないな」

剣之介は五百両を包んだ風呂敷包みを地蔵の脇に置くと、そこから離れた。

剣之介と正次郎は、風神一家に向かった。

道中、金を取られ、お米の行方もわからないとあって、正次郎は意気消沈している。

「正さんが悪いんじゃない。おれが抜かっていたんだ」

剣之介は正次郎を慰《なぐさ》め、自分の責任だと言った。五百両を奪われたうえに、お米も戻ってこないとあって、剣之介とて苦しい帰還《きかん》である。

それでも、ぐじぐじとうなだれて戻ることだけはしまいと、ふたりとも胸を張って帰った。奥座敷へ行き、

「親分、申しわけございません」

正次郎は両手をついた。

剣之介も詫びようとしたが、

「いや、ご苦労だったな」

意外にも権蔵の機嫌はよい。

「あの……」

正次郎が問いかけようとすると、

「お米が無事戻ってきた。佐治さん、どうも、ご苦労さんだったね」

「ええ、お米ちゃん、帰ってきたんすか」

剣之介はさすがに驚いた。

「そうですかい、そりゃ、よかったですね」

正次郎も半信半疑だ。

「どうやって帰ってきたんだよ」

剣之介が問いかけると、

「旅のお坊さんが、連れてきてくれたんだ」

両国広小路で泣いていたお米に、旅の僧が声をかけたらしい。

迷子だと思い、旅の僧はお米から家を聞きだして、ここまで連れてきてくれたのだという。

「お米ちゃんはどうしているの」

剣之介が問いかけると、

「お麦が連れ帰ったよ。いや、よかった、よかった」

権蔵は喜んでいる。

「なんにせよ、五百両払った甲斐《かい》があったってことだね」

「ま、そういうこったな」

そこで、権蔵の顔が微妙に曇った。娘が無事であった喜びと同時に、五百両を惜《お》しむ気持ちも強いようだ。

「お米は下手人について、なにか話していなかったの」

剣之介の問いかけに、権蔵は首を横に振った。

「いや、さらわれてから目隠しされて、どっかに押しこめられていたようだ。幼子だからな、怖くて怖くて、とてものこと、まともに下手人のことなんか、覚えちゃいないようだ。無理もねえや」

「じゃあ、直接、おれが話を聞くよ」

剣之介が立ちあがると、権蔵は躊躇いを示した。

「いや、佐治さん、そこまでしなくても……」

「だってさ、五百両、取り戻したくないの」

「そりゃ、取り戻したいがな、でもな」

「なんだよ、取り戻したいのか戻らなくてもいいのか、はっきり言いなよ。言っとくけどね、百両の取り立ては、きっちりとやるからね」

剣之介が迫ると、

「ま、じゃ、お任せしますよ」

しぶしぶ権蔵は承知した。

「まったく、やる気があるのかね」

剣之介は小言を吐くと、一家を出た。すぐに正次郎が追いかけてきて、

「ともかく、お米ちゃんが帰ってきてよかったですよ。剣さんに、また借りができてしまいましたね」

「正さんに貸しはないよ。貸しはあくまで権蔵だ」

「すまねえ」

ひたすら正次郎は恐縮するばかりである。

「おれはね、かならず下手人を捕まえるよ。このままじゃ、引きさがれないさ。火盗改としてじゃない、佐治剣之介、売られた喧嘩《けんか》を買わないわけにはいかないからね」

剣之介は強い決意をみなぎらせた。

四

浅草田原町一丁目にある、お麦の家へとやってきた。

三軒長屋の真ん中である。

格子戸《こうしど》を開け、

「佐治だよ」

と、声をかける。

「ああ、ちょっと、待ってくださいね」

返されたお麦の声は明るい。お米の手を引いて、剣之介を出迎えた。

「おかげさまで、お米が戻ってきましたよ」

お麦はお米の頭を撫《な》でた。それから、どうぞ、あがってくださいと招きあげられた。

居間で茶を淹《い》れられる。髪に挿《さ》した銀の花簪《はなかんざし》が、軽やかに揺れていた。

「お米が戻ってきてくれて、これ以上の喜びはありませんよ」

お麦はしみじみと言った。

「ほんと、よかったよ」

剣之介もうなずいた。

お米はお麦の横に、ちょこんと座っている。

「怖かっただろう」

剣之介が聞くと、

「うん」

お米は短く答えた。

「さらったのは、どんな奴だったかな」

「ええっと」

困った顔をしたお米の横で、お麦が代わりに答えた。

「この子、怖くて下手人の顔どころか、様子も覚えていないんですよ」

「まわりにいた人間は、ひとりじゃなかっただろう」

「うん」

それだけは答えた。

お麦に助けられ、語ったところによると、お麦は一昨日の夕暮れ、自宅近くの稲荷で友達と遊んだのち、帰宅途中にさらわれたそうだ。

物陰から現れた男に目隠しされ、猿轡《さるぐつわ》をかまされて、どこへともなくさらわれたのである。

お麦から下手人の手がかりを得るのは困難そうだ。

剣之介はお麦に向き直り、

「あんた、下手人の心あたりないの」

「ありませんよ」

即座にお麦は答えた。

「だってさ、やくざの親分の娘をさらって身代金を要求するなんて、相当に肝《きも》が据わっているし、おそらくは用意周到に立ちまわったと思うよ。そんじょそこらの遊び人にできることじゃないさ」

「それはそうでしょうけど……」

お麦は首をひねるばかりだ。

ここで、

「あんたさ、浮気をしているんじゃないの」

いかにも剣之介らしい、不躾《ぶしつけ》な問いかけである。

実際、お麦は目がきっとなった。

「なにをおっしゃるんですか。いくら、身代金の受け渡しでお世話になったからって、失礼にもほどがあるんじゃありませんか」

「不躾を承知で聞いたのさ。でもそうやってさ、むきになっているのを見ると怪しいね」

剣之介はからかうように言った。

「浮気って、どうして、そんなことを言うのよ」

「簪が違うっすよ。派手な花簪だもん。これから、誰かと会うんじゃないの」

「そんな些細《ささい》なことで……簪はね、気分次第で変えたりするの」

お麦は険《けわ》しい顔になった。

「そうかな。ま、いいや。でもあんたがさ、浮気をしているとなると、今回のかどわかしは道筋がつくんだけどな」

「どんなふうにですよ」

「狂言だってことさ。あんたが男を抱きこんで、その男にお米をかどわかさせる。それで、まんまと五百両をせしめるってこと」

剣之介は言った。

「そんな、なにを証拠に……」

「おっと、その言葉。だいたいね、なにか悪さをした奴らってさ、責められると、証《あかし》を出せって言うんだよ」

剣之介は冷笑を浴びせた。

「ちょいと、いくら火盗改の同心さんでもね、やってもいない罪に問われたくはないわよ。お腹を痛めた娘を金儲けの道具にするなんて……あたしは、そんな鬼母じゃないよ」

お麦はお冠《かんむり》になってしまった。

「そう、怒らないでよ」

そう宥《なだ》めつつ、剣之介はお米の頭を撫で、それから立ち去った。


お米誘拐事件はなんの進展もなく、一回目の返済期限がきた。寒さ厳しくなった神無月晦日《みそか》の昼である。

剣之介は風神一家へとやってきた。

「親分、取り立てだ」

剣之介は、長火鉢の向こうに座る権蔵に言った。

「佐治さん、これだ」

権蔵は十両を手渡してきた。

「十両だけってことか」

剣之介は受け取った。

「すまねえな。今日は利子だけだが、次には元金も含めて返すよ」

「どうせ口だけだろう」

権蔵は強く首を左右に振り、

「近々、大がかりな賭場を開くんだ。おれはな、そろそろ跡目を正次郎に譲《ゆず》ろうって思っている。だから、跡目披露ってことで、賭場を開帳するんだ。そうすりゃ、多額の花代が集まる。借りた金はかならず返す。なんなら利子を上乗せしてもいいぜ」

「なるほど、そういうことか」

「わかってくれたか」

「ああ、それでいいよ。だったらさ、百両貸そうかってときに、どうしてそのことを言ってくれなかったんすよ」

　剣之介は舌打ちをした。

「すまねえな。あのときはまだ、跡目を譲ることが決まっていなくて、賭場の開帳も決まっていなかったんだよ」

「だけど、そんな大がかりな賭場を、よく開帳できるもんだな。この前はさ、取り締まりが厳しいから、賭場の開帳がままならないって話だったじゃない」

「それがですよ、あっしが正次郎に一家を譲るってんで、後押ししてくださるお寺が出てきたんですよ」

「どこの寺」

「いや、そいつは」

「いいじゃない、別にさ、手入れをしようなんて思っていないんだから」

剣之介が迫ると、権蔵はしぶしぶうなずいた。

「本所《ほんじょ》の宗東寺《そうとうじ》って、寺ですよ」

「へえ、そう。おれも顔出していいかい。もちろん、祝儀は持っていくからさ」

「ええ、もちろんですよ」

「ともかく期待しているよ」

剣之介は外に出ると、正次郎が待っていた。

「跡目を取ることになったんだって」

剣之介が声をかけると、

「ええ、まあ」

正次郎は決して喜びを表に出さない。

「大々的な披露目を催《もよお》すんだって」

「そうなんですがね。あんまり派手にやってくれなくてもいいんですが」

困ったように顔をしかめた。

「ところで、お麦と浮気をしていそうな子分は見つかったかい」

先日のお麦との話を、正次郎にも伝えてあった。

剣之介の問いかけに、正次郎は難しい顔をして答える。

「それが、見当がつかないんですよ。そもそも、うちの子分たちで、親分の目を盗んでお麦さんに手を出すなんて度胸のある奴、いそうにありませんや」

「それもそうかな」

剣之介は、風神一家の頼りない子分たちの顔を思い浮かべた。

「それと、おれ、親分から、跡目披露で開帳する賭場のことを聞いたんだけど、正さんは知っていたんだろう」

「まあ……」

「子分たちも知っていたんだ」

「そうですね、会場の手配やら、お呼びする客人、その宿泊の手配やらで、準備ってもんがありますから。いま、子分たちで手分けしてあたっています」

「すると、やっぱり、子分たちと浮気をしているんじゃないね」

剣之介は、ほかに心あたりがないか、と正次郎を見返す。

「どういうこってすか」

「莫大《ばくだい》な花代が入るんだよね、だったらさ、そのあとに狂言を仕掛けたほうが、多額の金を取れるだろう。五百両どころか、千両だって奪えるからね」

剣之介は言った。

「すると、お麦さんの狂言じゃなかったってことですかね」

「子分を抱きこんだんじゃないってことだよ」

いまだ剣之介は、お麦への疑惑を解いていないようだ。

「そんなにお麦さん、怪しいですか」

「権蔵はめろめろだけどさ、お麦のほうはそうでもないんじゃないの。金目あてっていうかさ」

「そいつは、あっしの口からはなんとも申せませんや」

正次郎は頭を掻いた。

「似てないよ」

「へ？」

「お米と権蔵って似てないよ。ありゃ、権蔵の娘じゃないね」

「いや、そりゃ……」

「そんな噂《うわさ》があるんじゃないの。だって、権蔵はあの歳になるまで、子どもができなかったんだからさ、たぶん子種がないんだろうよ」

「ですが……」

いかにも言いづらそうに、正次郎は言葉を詰まらせた。

「正さんが言うわけにはいかないものな。ま、いいや、引き続き、おれはお麦に目をつけるよ」

剣之介は言ってから立ち去った。

五

上野の自宅に戻ったが、珍しく算盤玉が弾かれる音が聞こえない。

居間に入ると、音次郎はひとりで酒を飲んでいた。

烏賊《いか》の塩辛《しおから》を肴《さかな》に、ちびちびと飲んでいる。湯呑《ゆの》みに酒を満たし、背を丸めて飲むさまは、なんともくたびれた年寄りである。

「帰ったら、挨拶くらいしろ」

音次郎は言った。

「親父、そんな貧乏くさい飲み方しなくたっていいだろう。たんまり、金は持っているんだからさ。家の中が陰気になってしかたがないよ」

剣之介がなじると、

「わしがどんな飲み方をしようが勝手だ」

音次郎は顔を歪《ゆが》めた。

「そりゃそうだろうけどさ」

「それより、風神一家の権蔵に貸した金、回収してきたろうな」

しっかりと、取り立てのことは忘れていない。

「十両だ」

剣之介は手渡した。

「なんだ、利子だけか。ま、今日のところはそれでいいがな。おまえ、取りっぱくれるなよ」

「そんな、どじじゃないさ」

酒に視線をあずけたが、けちな音次郎は剣之介に勧めようともしない。

「ふん、どうだかな。ちゃんとした裏づけでもあるのか」

「跡目を代貸しに譲るそうだ。それで、跡目襲名披露の賭博《とばく》を開くんだってさ。花代が集まるってことだよ」

「ほう、そりゃ、景気がいいな。で、どこでやるんだ」

「なんだ、親父、博打に顔を出すのか。だったら、祝儀を弾んだほうがいいよ」

「わしは博打はやらん。で、どこでやるんだ」

「本所の宗東寺だってさ」

「宗東寺……」

音次郎は首をひねった。

「どうしたんだ」

「いや、その寺の坊主にな、十両ばかり貸したんだがな、なかなか、払おうとせん。義助を今日も使いにやっておるのじゃがな。ちゃんと払うかどうか。義助が駄目だったら、おまえに頼もうと思っていたんじゃ」

「まあ、いいけどさ。生臭坊主《なまぐさぼうず》がいるもんだな」

剣之介が苦笑したところで、

「失礼します」

義助がやってきた。

絣《かすり》の着物を着流し、腰に矢立《やたて》を提《さ》げている。ぬぼっとした面差しで揉《も》み手をしながら、剣之介に挨拶をした。

声の調子からして、取り立てはうまくいったようだ。

案の定、

「旦那、宗東寺の宗俊《そうしゅん》から取り立ててきましたぜ」

義助は利子を含んだ、十三両と二分を音次郎に渡した。

「ご苦労だったな」

音次郎に労《ねぎら》われ、義助は剣之介にもぺこりと頭をさげた。

「宗東寺って、どんな寺だい」

剣之介が問いかけると、義助は苦笑を漏《も》らした。

「これが、ほんと胡散《うさん》くさい寺でしてね、宗俊なんてのは、生臭坊主を絵に描いたような住職ですよ。酒、女、博打、やくざじゃねえかってくらいに、やりたい放題なんですからね」

「破戒僧《はかいそう》だな」

音次郎は、ぐびりと酒を飲んだ。相変わらず、自分しか飲んでいない。

「取り立てに通っていたんですがね、何度も逃げまわられたんですよ、そのくせ、昼の日中から酒を食らって、酔っ払っているんですからね」

するとと音次郎が、小言を吐いた。

「だから、わしはな、寺から仏像でも木魚《もくぎょ》でも、金目のものはかっさらってこいって言いつけたんだ」

これを義助が受け、

「ところが、金目のものなんてなんにもないんですよ。本堂は雨漏りがするし、羽目板は穴が空いているし、壁《かべ》も崩れているってありさまでしてね」

「そんな荒れ寺の住職からよく取り立てができたな」

剣之介の疑問に、義助は首をひねった。

「あっしも驚いているんですよ。今日も駄目だろうなって思って訪ねていったらですよ、機嫌よく全額を払ってくれたんです。あぶく銭でも入ったんでしょうかね」

「賭場を開くってことで、権蔵が金を渡したんじゃないのか」

音次郎は酒を飲む手を休めない。

「そうかもしれんが」

剣之介は顎《あご》を掻いた。

「ま、ともかく、これで金は回収できたのだから、それでよしだ」

音次郎は無関心になった。

「義助、宗東寺で賭場が開帳されるそうなんだが、なにか聞かなかったか」

剣之介の問いかけに、義助は考えつつ言った。

「あんなおんぼろな寺なんか、ろくな客が来ませんよ」

「そうか」

「なにかあるんですか」

「いや、ちょっと面白いことがな」

剣之介は言うと、それきり口を閉ざした。


あくる日は月が替わって霜月《しもつき》一日の昼下がり。

剣之介はさっそく、本所の宗東寺へとやってきた。

義助に聞いたとおりの荒れ寺である。境内《けいだい》というよりは、野原と言ったほうがいい。草ぼうぼう、しかも、本堂、庫裏《くり》、拝殿は朽《く》ち果て、賽銭箱《さいせんばこ》などはない。

寒風に舞う枯葉《かれは》が、これほど似合う寺もなかろう。

まさしく、狐《きつね》や狸《たぬき》の棲家《すみか》だ。

そのなかにあって、ひとりの僧侶《そうりょ》の姿があった。

といっても、擦《す》りきれた墨染《すみぞ》めの衣《ころも》で僧侶らしいとわかるだけで、丸めた頭には髪の毛が伸び、顔は無精髭《ぶしょうひげ》に覆《おお》われていた。首から、大きな数珠《じゅず》をぶらさげている。

「なんだね」

僧侶は問いかけてきた。

「あんた、宗俊さんかい」

「いかにも、拙僧《せっそう》は宗俊である」

「拙僧なんて面じゃないだろう。なんだ、このありさまは。こんなところで拝んじゃあ、仏さまが怒るっすよ」

「きついことを申すな。貴殿は何者だ」

言葉ほどには怒っているようではない。案外と、清濁《せいだく》あわせ飲む高僧なのかもしれない。

「おれは佐治剣之介、佐治音次郎の倅《せがれ》だよ」

「ああ、金貸しの倅か。金なら返したぞ」

「そうだね。だからさ、ちょっとあんたと話がしたくなったんだよ」

「拙僧とか」

「ああ、拙僧とだ」

剣之介は五合徳利《とっくり》を掲げて見せた。

途端に宗俊の目元がゆるんだ。

なかった。

「そのままでよい」

履物《はきもの》を脱ぐ必要はない、と宗俊は言ったが、埃だらけとあって脱ぐ気にはなれ
宗俊は本堂へと向かった。枯れ薄《すすき》を掻き分け、剣之介は本堂の階《きざはし》へと至った。

「まあ、あがれ」


濡《ぬ》れ縁《えん》を横切り、本堂に入る。

中はなにもない。

義助が言ったように、仏像どころか木魚すらも置いていなかった。

「ひでえな、仏さんも売ってしまったのか」

剣之介が言うと、

「仏像などはしょせん、金と木でできておるにすぎぬ。まことの仏は、わしの心の中にあるのじゃ」

宗俊は両手を合わせた。

「ものは言いようだな」

剣之介が笑うと、宗俊も大口を開けて笑った。

宗俊は縁《ふち》の欠けた湯呑みを持ってきて、ふたりは酒盛りをはじめた。

「和尚《おしょう》、あんた、面白いっすね」

「おまえこそ、愉快な男だ。それで、拙僧に何用でまいったのだ」

宗俊は真顔になった。

「あんたさ、急に金まわりがよくなっただろう」

「金を返したからな」

「その金はどうしたのさ」

「御仏の御加護……と申しても信じまいな。それはな、お布施《ふせ》があったのじゃ」

「こんな寺に、たいした布施があるとは思えないけどな」

「それがあるのだよ」

「風神一家からか」

「ええっ」

「風神一家から、賭場を開くと持ちかけられたんだろう」

「よく知っているな」

「その賭場の開帳費用じゃないんすか」

「そんなところだ」

「しかし、その金でここをきれいにしようという気はないようだな」

「まもなく、きれいになる。見間違うくらいにな」

宗俊は言った。

「信じられないっすね」

剣之介は、なにもない本堂を見まわした。

宗俊の目が光った。

六

「和尚さん、権蔵親分の娘を預かったんじゃないの」

不意に剣之介は問いかけた。

「な、なんじゃ」

宗俊は目をむいた。

「そんなとぼけなくてもいいよ。お米ちゃんっていう、五つになる娘をあずかっていたんじゃないの。権蔵親分のお囲いさん……お麦さんからあずけられてさ。いくらもらったの」

剣之介らしい、ずけずけとした物言いで問いかけた。

「なにを」

宗俊は口をもごもごとさせた。

「しかし、どうもわからないんだけど、その顔で、よくお麦さんと深い仲になれたね。それがどうも、得心《とくしん》がいかないんだけどさ」

「おいおい、わしはな、お麦さんなど知らんぞ」

宗俊は否定した。

「またまた、とぼけなくてもいいって」

剣之介が返したところで、

「失礼します」

ひときわ凛《りん》とした声が響きわたった。

正次郎である。

正次郎は本堂の階をあがってきて、折り目正しい挨拶をした。

「なんじゃ」

宗俊が赤ら顔を向ける。

「風神一家の正次郎です」

「おお、代貸しか、ま、入れ」

宗俊に手招きされて、正次郎は履物を脱ぎかけたが、

「脱がなくたっていいよ」

剣之介に言われ、

「おお、剣さん」

正次郎は、はっとしたように目を見張った。

「ちょっと失礼します」

剣之介に目配せをした。

「和尚、ちょっと待っててくれよ」

剣之介は宗俊に声をかけてから、正次郎とともに階をおり、草むした境内に立った。

「正さん、どうしたんだ」

「みっともねえ話なんですがね」

話すのが躊躇われるように、正次郎は切りだしてから、

「お麦さんのいい男が見つかりましたよ」

正次郎の言葉を受け、

「意外だったよね。まさか、あのむさ苦しい生臭坊主が、お麦さんの男だったと

はね」

　剣之介は本堂を見あげた。

「あ、いや、宗俊和尚じゃありませんよ」

　生真面目な正次郎が、愉快そうに笑った。

「あ、そうなんだ」

「ええ、違います」

　あくまで真面目に、正次郎は否定する。

「そうだよなあ。おれもおかしいと思ったんだよ。いや、納得、納得。で、誰だったの。やっぱり子分のひとり……」

「誓願堀の大道芸人で居合いを披露している浪人、三橋新十郎《みつはししんじゅうろう》という男でした」

「ふ〜ん、そうだったんだ。三橋って浪人は男前なんだよね」

「まあ、男前というんですかね。ちょっと影のある御仁《ごじん》ですよ」

　誓願堀を見まわっているとき、三橋の懐具合《ふところぐあい》がいいと耳にし、子分に張りこませたところ、お麦の家に通っているのがわかったそうだ。

「とんだ間男《まおとこ》でしてね。すぐにでも誓願堀から追いだしてもいいのですが」

「すると、今回のかどわかし騒ぎは、お麦と三橋が組んでやったんだね」

「ところが否定しているんですよ」

「白《しら》を切っているってことじゃないの」

「そう思って、ずいぶんときつい口調で問いつめたんですけどね」

正次郎は小さくため息を吐いた。

「認めないんだね」

「ええ、また時を置いて、問いただそうと思っているんですが」

「お麦のいい男だったってことは認めたんでしょう」

「それは認めてます」

正次郎は、困った、と言った。

「よし、おれが確かめてみるよ」

「お願いします」

「それで、おれがここにいるから、この荒れ寺に来たの」

「いや、賭場開帳の件で来ましたら、剣さんがいたんですよ」

「賭場、開帳の打ち合わせか」

「そういうことです」

「だけどさ、こんな寺だかなんだかわからないようなところで、ほんとに襲名披露なんてできるの。狐や狸を招いて賭場を開帳するわけにはいかないよね」

「いや、ほんと、そうですよ」

正次郎も啞然《あぜん》としているようだ。

「権蔵さんは、どうしてここで、賭場と襲名披露なんてやる気になったんだろう。金がないし、お上《かみ》がうるさいから、ほかじゃ借りられないってことかな」

「そんなことだろうと思うんですがね」

苦い顔で正次郎が答える。

「これじゃあ、大切な客なんぞ、呼べないんじゃないの」

「あっしらで、きれいにするしかありませんね」

「大変だよ」

剣之介はあらためて境内を見まわした。

「それで、今日はその相談なんですよ」

剣之介と正次郎は打ちあわせをきりあげ、階をあがっていった。

「和尚さん、お願いがあります」

あくまで折り目正しく、正次郎は頼みこむ。

「なんじゃ」

「これ、どうぞ」

五合徳利を差しだすと、

「おお、これは、すばらしいな」

宗俊はすっかり上機嫌である。

「和尚、賭場の開帳、よろしくお願いします」

正次郎が頼むと、

「ああ、ま、いいがな。そんで、この寺なんだがな、見てのとおりのありさまだ。こんな寺ではろくな賭場は開けんぞ」

「ですから、あっしら一家で、掃除と修繕をさせてもらいますよ」

「おお、そうか。そりゃ、ありがたいな」

宗俊は現金にも喜びをあらわにした。

そこで剣之介が口をはさんだ。

「でもさ、ここを十日あまりで掃除して見られるようにするには、大変だよ。一家総出でやるとしてもさ」

「まあ、なんとかやってみますよ。それに、子分のなかには大工をやっていた奴らもいますんで、まあ、なんとかなると思いますよ」

感慨深そうに、宗俊は何度もうなずいた。

「なんだか、降って湧《わ》いたような運が向いてきたのう。これも、御仏の御加護というものじゃな」

首からぶらさげている大きな数珠を握り、宗俊は念仏を唱えた。

「南無阿弥陀仏《なむあみだぶつ》」という言葉が聞こえることから、この寺は浄土宗《じょうどしゅう》か浄土真宗《じょうどしんしゅう》のようだということがわかった。

「いい気なもんだね」

苦笑する剣之介の横で、正次郎は黙っている。

「火事で焼け太りっていうことは、よく聞くけどさ。ここは、賭場太りか。なんにしてもよかったね、和尚さん」

剣之介が語りかけると、

「よいことがあるもんじゃよ。人間、諦《あきら》めてはいかんという教訓をな、あんたたちも噛みしめるのじゃぞ」

僧侶らしい法話めいた口調になった。

「そういや、和尚さんと権蔵さんて、どうして仲良くなったの」

尋ねてから、

「正さんも、和尚さんのこと、よく知らなかったんでしょう」

　正次郎はうなずく。

　おもむろに、宗俊が語りはじめた。

「権蔵と知りあったのは、そう、かれこれ三十年前だな。あいつが一家をかまえてまもなくのことでな、この寺で賭場を開かせてやったんだ。念のため言ってお くが、当時はな、もっとましだった。檀家《だんか》もたくさんおったしな、だから、こぎれいなものじゃったんだ」

「へえ、じゃあ、三十年も懇意にしていたんだ。それが、どうしてこんな貧乏寺になってしまったの」

「それはな、二十年ほど経ってからかな。わしがな、寺銭をもっとくれと欲張ったのだ。権蔵は承知しなかった。するとな、弱り目に祟《たた》り目で、そんな最中、お上の手入れが入り、この寺はきつくとっちめられた」

　摘発《てきはつ》があったとき、権蔵と宗俊は、互いに相手が密告したのではないか、と疑いあった。

「それで、絶縁が続いていたんじゃがな……最近になって権蔵のほうから、詫びを入れてきた。まあ、拙僧も御仏に仕える身、いつまでも意固地《いこじ》になっておってもしかたがないゆえ、権蔵の詫びを受け入れたということじゃ」

「そうか、和尚さんは度量が広いんだね。さすがだ」

剣之介の歯の浮くような世辞にも、宗俊はいい気分で酒を飲んだ。

「よし、なら、おれは三橋に会ってくるか」

剣之介は立ちあがった。

七

誓願堀にやってきた剣之介は、居合いを披露する浪人を探した。

それほど苦労することなく、大道芸人たちから、居場所を聞きだすことができた。

浪人は草むらにあぐらをかき、握り飯を食べていた。

「三橋さんだね」

剣之介が声をかけると、

「そうだが」

一応、武士然とした態度で答えた。案の定、その男が三橋であった。

「あんた、お麦さんのいい男だろう」

いきなり問いかけると、三橋は、

「もう、いいかげんにしてくれ。わしはな、なにも好きこのんでお麦などと」

うんざり顔で握り飯を食べ終えると、手を払って立ちあがった。

「だいたい、貴殿はなんだ」

三橋は剣呑《けんのん》な表情を浮かべた。

なるほど、女が惚《ほ》れそうな男前である。

「おれはね、火盗改の佐治剣之介だ」

「ほう、貴殿か。火盗改のくせにやくざのような男というのは」

「ああ、そうっすよ。それでさ、あんた、お麦と組んでお米をかどわかし、身代金をせしめただろう」

ずばり問いただすと、

「ふざけたことを申すな。そんなことしたらな、今頃、ここにはいないぞ」

ばかばかしい、と三橋は答えた。

「それもそうだな」

「だいたいな、お麦のことだって、わしが望んで深い仲になったわけではない。

お麦に言い寄られたからなんだ。お麦はな、権蔵に飽き飽きしていて、わしに言い寄ったんだ。もとより淫乱な女だからな、娘だって、誰の子だかわかりゃしないぞ」

「あんたさ、お麦のことばかり悪く言っているけど、あんただってお麦に誘惑されて、金の面倒を見てもらったんだろう」

剣之介が責めると、

「それはそうだが……」

三橋は口ごもった。

「だったら、認めなさいよ」

「だから、お米を誘拐なんかしておらぬ。お麦とて、いくらなんでも誘拐騒ぎなど、だいそれたことを企まないだろう。あのお麦という女、欲深くて男好きではあるが、娘を心底かわいがっていることだけはたしかだ」

「あんた以外の、誰かに頼んだってことはないかねえ」

「男はいるかもしれぬが……風神一家の親分の娘をかどわかし、身代金をせしめるなどという度胸が据わった者となると、いるとは思えぬな」

「すると、お麦は関係なく、このシマでお米かどわかしをやりそうな連中は、どうだ」

剣之介は正次郎の言葉を思いだしながら、誓願堀を見まわした。

「そんな者、いると思うか。ここはな、吹き溜《だ》まりだよ。食い詰めて、それだけじゃなくって、大それたことなんかとてもできない者同士が、肩を寄せあって暮らしているんだからな」

奇妙にも、三橋は法話めいたことを言った。

「じゃあさ、あんた、お麦と浮気をしていること、権蔵さんに気づかれてさ。怖くないのかよ。こんなところで握り飯を食ってる場合じゃないだろう」

「わしも覚悟したがな。おそらく権蔵は、思いのほか寛容《かんよう》なのだろう。というよりも、男の面子で、見て見ぬふりをしてくれているのかもしれぬ。まあいずれ、闇《やみ》討《う》ちに遭うかもしれんがな」

三橋は薄く笑った。

「わかったよ。せいぜい用心するんだね。月夜の晩だけじゃないよ」

剣之介が言うと、

「ふっ、おぬしが脅《おど》かすようなことを言うな。わかっておるわ」

帰れと言うように、三橋は右手をひらひらと振った。

その日の夕暮れ、剣之介は正次郎と、雷門《かみなりもん》の近くにある縄暖簾《なわのれん》で飲んでいた。

「結局、かどわかしの下手人はわからず仕舞いだね」

剣之介は言った。

「剣さん、すまねえな」

「なんだか、臭《にお》うんだよな」

「まだ、三橋さんとお麦さんを疑っているんですかい」

正次郎は剣之介に徳利を向けた。

「いや、そうじゃないよ。おれはね、今回のかどわかし、狂言だと思っているんだが、大きな見当違いをしていたようなんだ」

「だから、お麦さんの仕業じゃないってことなんだろう」

「そうだよ。お麦の仕業じゃない」

剣之介はにんまりとした。

「じゃあ、狂言誘拐じゃないってことじゃござんせんか」

「いや、狂言だね」

自信たっぷりに、剣之介は断じた。

「どういうこってすよ」

戸惑いの目で、正次郎は見返す。

「狂言を仕組んだのは権蔵さ」

「お、親分が……」

信じられないように、正次郎は首を左右に振った。

「権蔵は隠居し、跡目を正さんに譲るつもりだ。でもね、当節、風神一家も奢侈《しゃし》禁止の煽《あお》りで凌《しの》ぎが細っている。誓願堀こそ賑《にぎ》やかだが、風神一家の凌ぎを支えてきたのは賭場でしょう。その賭場が厳しい摘発に遭い、大きな凌ぎができない。このまますずるずると親分を続けても、大金は得られない。そんな鬱々《うつうつ》とした気持ちでいると、お麦が三橋と浮気をした。権蔵はお麦に裏切られ、いよいよ自分のことしか考えなくなったんじゃないかな」

「それで、狂言誘拐を……あっしらを見捨ててですか」

「ありったけの金を集めるのに、娘の身代金くらい後ろ指さされないものもないっしょ。娘を助けるためなら、一家の金をいくら使っても、それればかりか借金しても名目が立つというもんすよ」

剣之介は、からからと笑った。

あくる日の朝まだき、剣之介と正次郎は宗東寺へとやってきた。

風神一家の子分たちによって、掃除がおこなわれているが、まだ、草刈が半分ほどすんだだけである。枯葉が朝露に濡れ、白々明けのなか、荒れ果てた庭が浮かんでいる。

本堂から幼子の泣き声が聞こえる。

「お米ちゃんですね」

正次郎が言った。

「やっぱりね」

剣之介は破顔をして、うなずく。

ふたりは階を駆けあがり、濡れ縁を横切ると本堂に乗りこんだ。

権蔵と宗俊が酒盛りをし、脇にお米がいた。

「なんでえ、正次郎か」

権蔵は険しい目を向けてきた。

「親分、あんた、とんでもねえことをやったもんだな」

正次郎が詰め寄った。

「あんたは、狂言誘拐をして、五百両を手土産《てみやげ》にとんずらしようとしたんだ。汚《きたな》いぜ」

「なんだと」

「おら、やくざだ。汚いもきれいもねえぜ」

権蔵はうそぶいた。

「いくらやくざだってな、任侠ってもんがあるんだ。筋ってもんがあるんだ。親は子を守る、子は親に尽くすってのが、やくざじゃねえのかい」

「ふん、だったら、おれに尽くせ」

「おれはな、あんたに拾われ、あんたに任侠道を教わった。だから、そのことには感謝する。でもな、親分としてやっちゃあいけないことを、あんたはやってしまった」

正次郎は目に涙を溜めて、怒りをあらわにした。

「うるせえ!」

とうとう権蔵は開き直った。

「ともかくさ、あんたら、年貢《ねんぐ》の納め時だよ。観念しな」

剣之介は長ドスを抜いた。

「正次郎、おれに刃を向ける気か」

それでも、権蔵はうそぶいた。

「往生際が悪いな」

剣之介は顔を歪ませる。

すると、

「三橋さん、頼むぜ」

権蔵が立ちあがった。

三橋が奥から出てきた。

「なんだ、あんた、最初から権蔵に寝返っていたのか」

剣之介が問いかけると、

「昨日の晩だ。命を狙《ねら》わぬ代わりにと、権蔵親分から用心棒に雇われたのだ。言ったであろう、わしらは吹き溜まりに集《つど》う食い詰め者だとな」

三橋は胸を張って答えた。

「まったく、どいつもこいつも、ろくでもない奴らばっかりっすね」

剣之介は右手で、長ドスを肩に担いだ。

腰を落とした三橋が、柄《つか》に右手をかける。居合いは大道芸ではないようだ。

無造作に剣之介は間合いを詰め、長ドスを振りおろした。

三橋は抜刀した。

寒風を斬《き》り裂き、刃が長ドスを受け止めた。

鋭い金属音が響き、青白い炎が飛び散る。

剣之介は背後に飛びのいた。黒紋付が翻《ひるがえ》り、真っ赤な裏地と小袖《こそで》の裾《すそ》が割れて、緋《ひ》色襦袢《いろじゅばん》が覗いた。

三橋はその場を動かず、納刀《のうとう》して身構える。

剣之介も長ドスの柄を両手で握ると、三橋に突進した。

三橋の右手が動く。

刃がしなり、風を巻いて剣之介に襲いかかった。

剣之介は跳躍《ちょうやく》した。

三橋の刃は空を斬る。

舞いあがった剣之介は、三橋の顔面を蹴飛ばした。

三橋はもんどり打って倒れた。

それを見て、権蔵と宗俊が逃げだそうとした。

すかさず正次郎が立ちはだかる。

「親分、これ以上、がっかりさせねえでくだせえ」

正次郎は野太い声で語りかけた。

権蔵は膝《ひざ》からくず折れ、肩を落とした。


風神一家は正次郎が継いだ。

正次郎は権蔵の顔を立てるため、あくまで隠居したことにし、権蔵には百両を与えて暮らしが立つようにしてやった。

もちろん、権蔵の借金百両も、正次郎は肩代わりをした。

正次郎が親分となり、誓願堀は活気づいた。

山辺などは、なんやかんやと理由をつけては夕暮れ時に立ち寄り、居酒屋で一杯やるのが日課となっている。

融通のきかない生真面目なやくざ、火盗改の同心の自分より、よほど折り目正しい唐獅子桜《からじしざくら》の正次郎と知りあえてよかったと、剣之介は冬晴れの空を見あげてつぶやいた。

コスミック・時代文庫

最強同心《さいきょうどうしん》 剣《けん》之《の》介《すけ》
掟やぶりの相棒

【著 者】
早見《はやみ》 俊《しゅん》

【発行者】
杉原葉子

【発 行】
株式会社コスミック出版
〒154-0002 東京都世田谷区下馬 6-15-4
代表 TEL.03(5432)7081
営業 TEL.03(5432)7084
FAX.03(5432)7088
編集 TEL.03(5432)7086
FAX.03(5432)7090

【ホームページ】
http://www.cosmicpub.com/

【振替口座】
00110-8-611382

【印刷／製本】
中央精版印刷株式会社

乱丁・落丁本は、小社へ直接お送り下さい。郵送料小社負担にてお取り替え致します。定価はカバーに表示してあります。

ISBN978-4-7747-6113-8 C0193